于文胜·作品

图书在版编目(CIP)数据

九曲十八弯 / 于文胜著. —— 乌鲁木齐:新疆美术摄影出版社, 2011.9

ISBN 978-7-5469-1756-6

Ⅰ.①九… Ⅱ.①于… Ⅲ.①散文集－中国－当代

Ⅳ.①I267

中国版本图书馆 CIP 数据核字(2011)第 186865 号

九曲十八弯

作　　者	于文胜
责任编辑	吴晓霞
制　　作	乌鲁木齐标杆集书刊设计有限公司
出版发行	新疆美术摄影出版社
地　　址	乌鲁木齐市西北路1085号
邮　　编	830000
印　　刷	北京佳信达欣艺术印刷有限公司
开　　本	787mm×1092mm　　1/32
印　　张	7
字　　数	72千字
版　　次	2011年9月第1版
印　　次	2012年2月第1次印刷
书　　号	ISBN 978-7-5469-1756-6
定　　价	21.80元

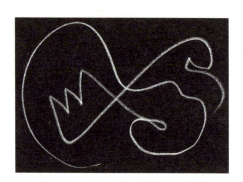

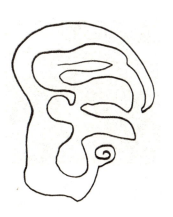

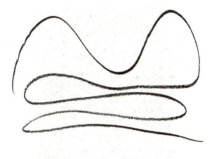

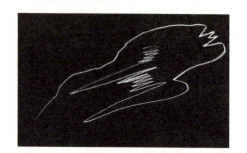

CONTENTS 目 录

1

上篇

昆仑的歌

昆仑的歌

　　几回回梦里上昆仑,到了昆仑心儿醉。一头扑进昆仑的怀抱,才发现,昆仑是天上人间。

　　昆仑的山是彩色的山。红色、黄色、白色、褐色……一层层叠加、一块块点缀、一笔笔勾勒,把昆仑山打扮得五彩斑斓。也许因为与天近,也许因为与土亲,上苍把它所有的色彩都恩赐给了昆仑,任意地挥洒。昆仑山就是天生丽质,无论它怎么涂抹,哪怕是随意地泼墨,都是那么自然,那么绚丽,那么俏美,那么和谐。

——你看,一条小河从它脚下流过,仿佛是为它的花裙绣上了裙边;

——你看,一片庄稼种在它脚下,仿佛是为它穿上了绣鞋;

——你看,一头牦牛悠闲在它雪峰下,仿佛是它在俏皮地玩耍……

昆仑山的色彩,是大自然最慷慨的赐予,是大自然最朴实的画语。

昆仑山刚柔并具。无论是峻峰,还是断坡,她的线条都是那么流畅:一笔勾出女人的眉,一笔勾出男人的肩。

尤其是雨后的昆仑,云雾从大山的每个角落升腾起来——这里的尖峰利岩,那里的刀脊斧崖,都有一团团云雾缠绕,若隐若现,好似泼墨山水画一般,人入其中,如进仙境。云雾中的山啊,一会儿是女人圆圆的脸蛋,一会儿是男人高挺的鼻梁……昆仑山啊,是女人的温柔,是男人的倔强;是男人的伟岸,是女人的娇美。

昆仑的山是坚强的山。在海拔5200米的红其拉甫口岸,一座座相拥成不少跨跃的城墙,它们肩靠着肩,手挽着手,高挺起胸,似一个个坚岩硬石筑就的战士,日夜守卫着祖国的草原、蓝天、炊烟下的每一个家园。

这里的山,四季顶着皑皑的白雪,阳光下,熠熠发光。寒风呼啸时,树枝冻得咔咔作响。你问它,冷吗?它耸耸肩,把胸挺得更直,把头昂得更高。大雪刷刷地下,把树枝压断,把房屋压塌。你问它,累吗?它抓一把积雪,挤出一溪浪花,把笑哈哈的回答,让溪水带给草地,让浪花捎带给河流……

这是勇敢者身躯,这是无畏者的铁掌,这是王者头上的皇冠啊!

昆仑的山是欢乐的山。在海拔 3400 米的地方,有一个几千人口的小城,这个名叫塔什库尔干的县城,全县只有 3 万多人。但就是这个高原小城里,到处都洋溢着欢歌笑语。小城的集市上传来欢笑,小城的饭馆里传来欢笑,小城的花园里传来欢笑,小城人的脸上挂满欢笑……就连小城边的草甸里,草甸里的小溪边,到处都能听到歌声和笑声。

在雪山下的草地上,几个教师正带着一群孩子歌舞。天是那么的蓝,云是那么的白,雪山是那么的近,笛声是那么的脆……昆仑山上的塔吉克人,笑声是那么的甜。

——这是一个音乐的民族,他们用鹰骨制成笛子,用牦牛皮做成手鼓。悦耳的笛声在塔吉克男人的嘴边流淌，铿铿的鼓点在塔吉克女人手指间跳跃……这美妙的音乐啊，世世代代把一个民族传唱。

——这是一个舞蹈的民族，你看，老者的手脚是那么灵活，每一个动作都抖出生活的快乐；你看，孩子的腰肢是那么柔巧，每一步跳动都舞飞理想。

他们是昆仑山的儿女，他们是昆仑山的骄傲！

他们的心灵，像雪一样纯净；他们的胸怀，像草原一样宽广；他们的思想，像大山一样厚重；他们的欢乐，像笛声一样悠扬……

昆仑山啊——你就是天！你就是地！你就是天地间最美的风景！

走遍大山，别错过昆仑！

历经沧海，别忘了昆仑！

阅读大漠

　　沙漠,是一部天书。每一粒沙,都是一个字符。

　　我向往沙漠,我又惧怕沙漠。

　　我向往沙漠,是因为那一行从漠峰上走过的驼队,驼颈上传出的铃声。

　　我惧怕沙漠,是因为漫天飞舞的沙粒,让人看不清世界,读不懂人生。

　　我最终还是勇敢地走进了沙漠。沿一条穿越塔克拉玛干大漠的黑色之路,我去努力破译沙漠这部天书——

　　在第一页，我读到了"生命"。你看，大河逝去的地方，绿色还在零散地生长。这绿色被糙裂的树干支撑着，迎着漠风，迎着烈日，倔强地把生命延续。它们把根深扎进沙里，哪怕一点点水的湿润，都要让叶子泛出绿色；就是没有一点生命的乳汁了，就是让漠风剥得只剩下躯干，它们也要傲然挺立千年；就是被烈日利剑般的光束砍断身躯，它们也躺下不朽千年。在它们身上，生命永远不会泯灭，生命永远都延续。它们不为脚下有一片沃土而恳求上苍的恩赐，不为披一身新绿而祈求天降大雨，不为漠风的肆虐而弯下腰杆，更不为终究要倒下化为泥土而企盼时间倒流……就是化为灰土，它们也舞在沙漠上、舞在狂风里。这是一种怎样的生命啊——生命顽强到了极致，价值体现到了极限……这才是百岁、千岁、万岁的生命啊！

在第二页，我读到了"勇敢"。你看，这看似不起眼的柏油路，勇敢地伸进沙漠，穿漠谷，越漠峰，一直伸向天边，一直穿出大漠。这是怎样一种力量的驱使，才能有这般无畏的勇气呢？

沙漠时刻想把它吞没，而它的两边却筑起用芦草编织的垄墙；烈日时刻想把它烤化，而它的两旁却生长出灌木，拉起一道绿色长廊。

狂风时刻想把它吓退，而它的身边耸起一座座房屋，房屋里飘出饭香，屋旁的抽水机正隆隆作响……

从沙漠的北边走到南边，这一页我读

了一千里,从日出读到日落,我终找到了答案——

沙漠的那边,有我们的村庄;

沙漠的那边,有我们的亲人;

沙漠的那边,有我们肥壮的牛羊……

任何沙漠,都阻挡不住亲人的拥抱,再狂的漠风,都刮不散兄弟的思念,任凭烈日怎样下刀,都割不断家人的亲情!

这是祖国大家庭里各民族亲情的力量啊!

这种力量,使勇敢者更加坚强,使坚强者更加勇敢。

无畏催生勇气,亲情激发力量!

在第三页,我读到了"追求"。你看,沙丘下那一座座井架,输油管像巨龙跃过沙梁。

沙漠是荒凉的，从来都没有人敢对沙漠有所企图；

沙漠是死寂的，任何生命的火花也只能在它上空一闪而过；

然而，沙漠又是富有的，只有敢于探索和勇于追求的人，才能闻到它的气息。

我尤为敬佩那些在这浩瀚大漠中勇于追求的人。他们是这大漠的骄子，他们是财富的天使。

高高竖起的是钢铁的井架，而伸向天空的却是理想的大厦；向下钻进的是圆圆的钢管，而伸进泥土的是探索的双手；

管道里流淌的是追求者的热血，炼炉里沸腾的是梦想的实现……

别说贫瘠里没有财富，别说黄沙变不成黄金，别说瀚海没有彼岸，别说通天的路太遥远——勇于探索,不断追求,身后就是掌声一片。

欲上九天揽月——人类的脚步踏上了月球;

欲下五洋捉鳖——潜艇在大洋中游弋;

望长城内外——戈壁崛起新城,沙漠喷出火焰……

这,是追求的脚步;这,是追求的回报。

读到这些,我还有什么理由犹豫,有什么理由徘徊?无数追求者正用生命闪耀的火花,每天点燃初升的太阳,把未来照得通明……

放飞理想,放飞希望,加快追求的脚步吧!

……

大漠,是一部天书。

大漠，是一部有心人可以读懂的书。

大漠，是一部永远也读不完的书。

去吧，勇敢地走进大漠！

自然之喀纳斯

　　山水为景,草木作画。山水草木浑然一体,景中有画,画中有景——喀纳斯的美,正在于此。

　　"喀纳斯"蒙语意为"美丽而神秘的地方"。特殊的气候条件,适宜的光热资源,使这里植被茂盛,森林草场交错,分布明显。这里是我国温带草原区域中植物种类最多的地区,以挺拔的落叶松、塔形的云杉、苍劲的五针松、秀丽的冷杉以及婆娑多姿的欧洲山杨、疣枝桦等构成了植被的主体。

六月中旬,喀纳斯自然风景保护区内,高耸青翠的落叶松林间,碧绿如毯的草原上,到处呈现一片片艳红、紫红,此时正是野生赤芍的盛花期。从湖边谷地的林间空地到3100米雪线以下,处处鲜花盛开,色彩缤纷,橙色或黄色的金莲花、郁金香、报春花、百合花,蓝色的龙胆、飞燕草、党参、鸢尾,紫色的鹿草、鸡爪参、翠雀花,粉色或红色的赤芍、蔷薇、柳兰、石竹,而白色的野胡萝卜的伞形花,像朵朵白云,常常淹没人们的身影。它们随季节和生态环境的变化而绽放,形成不同色彩的花坛,与蓝天、白云、雪峰、绿色的树林和碧绿的湖水融为一体,构成一幅幅异常瑰丽的图画。踩着厚厚的草毯,游人徜徉在鲜花丛中,任清风拂面,嗅百花芬芳,禁不住会心花怒放,润红了脸颊。人在其中,花团簇拥之下,也成为一朵移动的花,大有"你在丛中看花,我在花中看你,鲜花芳醉了你的心,你装饰了风景"的意境。

各色的野花,展现不同的娇容:粉嘟嘟的黄金莲,像一张张孩子可爱的笑脸,让人爱恋不已,吐着金灿灿花蕊的红艳艳的赤芍,像情人娇媚的眼睛,那伸展的手掌形的叶儿,像少女伸开的臂膀,多情地召唤情人的拥抱。

有人说,喀纳斯的花草最通灵性,老者踱步其中,心境坦然,世间忧愁皆消;孩童游玩其中,越发天真烂漫、活泼可爱;少女飘逸其中,理想展开翅膀;小伙子倘佯其中,生活从此多彩。

如果说，喀纳斯的六月演奏着的是大自然最和谐的旋律，那么，各色的花儿是它跳动的音符，松树和桦树是它的琴弦，大山是这架竖琴的骨架。

喀纳斯植物是西伯利亚区系植物在我国分布的典型代表地区。据资料记载，这里植物种类丰富，珍稀特有种类多，是我国寒温带草原区植物种类最多的地区，共有植物83科，298属，798种。其中木本植物23属，66种，草本植物273种，乔木12种，灌木54种，在66种木本植物中，国内仅阿尔泰山系分布的就有30种，是我国同类地区植物物种最丰富的地段之一。尤以塔形的西伯利亚云杉、秀丽的西伯利亚冷杉、苍劲的西伯利亚红松、挺拔的西伯利亚落叶松为主，构成了喀纳斯林木复杂的个性特征。林中枯朽倒木层层叠叠，朽木及地表枯叶层上长满了各种草花和菌类。在各种树木中，当地图瓦人最偏爱红松，不是因为它高大挺拔，也不是因为它姿态俊秀，而是因为它有极强的生命力，千年生长，百年不朽。

喀纳斯的松树真可谓伟大。它把肥沃的土地留给了野草和鲜花，把湿润的河谷留给了桦树和杨树，而自己，沿山而上，把土壤贫瘠的山坡装扮得郁郁葱葱，一年四季都披着盛装。岩石之上，松树在迎空展姿。山坡之中，松树直插蓝天。走入林中，松鼠在枝间跳跃，鸟雀在枝头鸣唱。大树粗壮强劲，小树顽强向上，处处充满生机活力，处处给人以奋进和力量。

有山有水，才会有草木。因为这一座座山，因为这一汪汪水，孕育了喀纳斯这天然百花植物园。

　　喀纳斯的山，高低起伏，连绵无尽。山巅终年不化的皑皑白雪，在阳光的照射下，放出耀眼的光芒，把蓝天衬托得更加晴朗，把大地装扮得愈加苍翠。

　　山是大地的个性。喀纳斯的山虽不挺峻，但却厚重；虽不俊俏，但却高大。岩石裸露，虽有万仞之利，刀削之险，但它却有宽厚的胸怀，包容万象的肚量，就像一个威严而又慈祥的父亲，可敬又可亲。山中翡翠般的湖，银练般飘动的河，更使它亲切感人，令人敬爱有加。

　　喀纳斯的水是山顶积雪融化而成，即使盛夏七月，也冰凉透体，但欢呼跳跃的浪花，却不休止地绽放热情。喀纳斯湖可谓大自然最好的画纸，山水草木，蓝天白云，尽收其中,风吹湖面,倒影婆娑,更添仙境之美。

　　啊,六月的喀纳斯,百花盛开的植物园。我爱喀纳斯,我爱六月的喀纳斯。到喀纳斯来,到大山里来,浸一身花香,把大自然带回家;荡一湾清水,把好心情带回家……

九曲十八弯

　　雪山，把浓浓的情感，拧成一条长长的河，把长长的思念，托付给长长的流水，让奔腾跳跃的浪花，倾诉他心中的祝福。

　　这份情感太重了，大河一步一回头。这份思念太深了，大河一弯一回眸。曲曲弯弯从草原上流过，把赞美吻给小草，把歌唱送给天鹅。太多的情、太多的意，只有青青的草儿读懂，只有顽皮的天鹅会唱。

　　九曲十八弯啊——一弯一行思念的泪，一弯一首祝福的歌。

莲 花 湖

秋天的莲花湖,不见莲花见彩莲,一片二片三四片,片片游弋碧波上。一张张含笑的脸,粉嘟嘟,一条条长长的根须,是一首首游动的诗。

一群群海鸥,俏皮地一会儿掠过波浪、一会儿钻入水中。累了,就浮在水面,站立在木栓上,如一个个花季的少女,明眸含情,送来一湾湾秋波。

芦草儿黄了,倒映在水中,这时候的湖

面,正忙着冲印芦草儿的照片,看它修长的身姿,舞动在空中,扭动在水里。

　　莲花湖,是一个活的底板,冲印出活的照片。

走进母亲河

海拔4000米的阿尔泰山是一条西北—东西走向的跨国山脉。西起东经82°，东止东经106°，长约1600千米。山势西北高峻宽阔，东南低矮狭窄。海拔4374米的友谊峰为群峰之最，矗立在中国、俄罗斯、蒙古三国交界处。在我国境内的阿尔泰山为其中段南麓，长约800千米，自西向东，横亘在阿勒泰地区哈巴河、布尔津、阿勒泰、富蕴、青河等县市的北部。

阿尔泰山虽然大片被绿色森林覆盖，是一个巨大森林宝库，但它的山峰却终年积雪不融，还有不少冰川。一些冰川和积雪，在太阳的作用下，慢慢地融化，汇集成溪、汇集成湖、汇集成河。这里，就是额尔齐斯河的源头。

　　额尔齐斯河是我国唯一一条自东向西流入北冰洋的外流河。它发源于阿尔泰山东段南麓、富蕴县北部海拔3500米的齐格尔台达坂，在山区为东南流向，流出山谷后，在库额尔齐斯东南1500米处，受断裂带与地势倾向制约，以90°急转弯进入低山丘陵区，向西北奔腾而去。沿途流经阿勒泰地区的富蕴、福海、阿勒泰、布尔津、哈巴河等县市及农十师185团垦区，在哈巴河县西南、185团境内、海拔约400米的北湾流出国境,继而经斋桑湖、鄂毕河,最后注入北冰洋。额尔齐斯河源头至河口,总长2969千米,流域面积10.7万平方千米,是一条国际河流,也是我国唯一属于北冰洋水系的外流河。

从地图上可以得知,额尔齐斯河在我国境内的河道总长2105千米,干流长593千米,主要支流自东往西依次是:额依尔特河、额拉额尔齐斯河、库尔木图河、克兰河、布尔津河、哈巴河和别列孜克河。这些支流由北向南汇入额尔齐斯河干流,构成了典型的"梳状"水系,流域面积6万平方千米。额尔齐斯河水量充足,四季流淌,年平均径流量为119亿立方米,占阿勒泰地区地表径流总量的91.5%,是新疆河川径流总量的1/7,仅次于伊犁河,为新疆第二大河流,具有开发水能资源的优越条件。

由于额尔齐斯河的滋润,阿勒泰地区有大片大片的美丽牧场,草原上水草茂盛,水质纯净,繁生中草药。绿茵中的白色毡房,风吹草低见牛羊——是草原文化的一大特色。故此,本地人擅长养牛、羊,喜食羊肉。阿勒泰草原的羊素有"走着黄金道,喝着矿泉水,吃着中草药"的"纯正绿色食品"之美称。

河畔的土壤中含有丰富的矿物质,这是河水从山上带来的礼物。广袤的土地和充足的水源条件,养育了大批从事养殖和种植业的农牧民族和垦荒者。他们开渠引水,种植小麦、玉米、水稻、葵花等多种农作物,使大片大片的荒滩戈壁变成了粮仓和绿色长廊。河水滋润了土地,养育了几十万边疆儿女,还有那数不清的肥壮的牛羊,以及成群的野生动物。生活在额尔齐斯河两岸的各族人民,对这条河有着深深的依恋和浓浓的情感。在草原上,流传着这样一个美丽的传说。很久很久以前,在阿克塔拉草原住着阿克塔拉老人和妻子留给他的一双孪生姐妹——乌伦古和额尔齐斯。姐妹俩能歌善舞,心地善良,被誉为草原上的并蒂雪莲。可是,有一天突然风沙大作,魔王带兵闯进了草原,抢走了两个姑娘,存心将她们霸占。姐妹俩机智勇敢,刺伤了魔王。魔王震怒,命人将她俩分别掷在两座山顶上。她们饥寒交迫,孤苦无援,更加怀念父亲和家乡。她们哭啊哭,泪水流在脚下,融化了积雪,变成了溪流,进而变成了两条大河向西流去,要到阿克塔拉草原与父亲团聚,与乡亲会面。可是魔王又使魔法,搬来一座山岭堵在两河之间,于是一条河注入盆地成为布伦托海,另一条河被山挡住,悻悻西下……人们为了纪念这对美丽善良的姐妹,便将这两条河分别以乌伦古和额尔齐斯两个姑娘的名字命名。

额尔齐斯,是准噶尔语"峡"的译音。

也许,阿勒泰草原真的有额尔齐斯和她的姐妹乌伦古这两个善良的姑娘吧!人们崇仰她们的坚贞不屈,才这般爱恋额尔齐斯河,是因为姑娘的美丽,额尔齐斯河才这般秀美……

据史书记载,成吉思汗曾6次兵过阿尔泰山,每次都要在额尔齐斯河畔休息整军,长春真人丘处机曾写下3首著名的阿山诗,其中一首为:

金山南面大河流,河曲盘桓赏素秋。

秋水暮天山月上,清吟独啸夜光球。

这首诗描写了额尔齐斯河的秋夜风光,寄托了诗人对祖国边疆河山的无限热爱之情。额尔齐斯河时而开阔,时而狭窄,时而迂回曲折,时而坦荡笔直。河水时而急喘咆哮,如万马奔腾;时而缓缓流动,似碧琅明镜,在阳光的照射下,水面闪烁着点点细碎的银光。

河里有鲤鱼、红鱼、鲫鱼、黑鱼、狗鱼、大小白鱼等几十种鱼类,其中大红鱼、青黄鱼、狗鱼都是名贵鱼种,为人们餐桌增添了不少佳肴美味。

在河水流过的辽阔地域,蕴藏着各类的工业原料,据初步勘探,有金、铁、铜、铝、锌、水银、云母、冰洲石、水晶、火碱等百余种。制造光学仪器的贵重原料水晶石在流域内极为丰富。20世纪70年代,解放军战士曾在这里挖出过3000多千克的"水晶王"。电器工业所需的云母,在流域内也极为丰富,就曾有人见过和桌面一样大小的云母片。流域内还是一个木材宝库,有落叶松、云杉、桦树、杨树、柳树等几十种树木,出产党参、牛黄、大黄等几十种药材,熊、鹿、狼、黄羊、狐狸、猞猁等动物在这里自由而快乐地生活,河狸、疣鼻天鹅等珍禽异兽,嬉戏水中,是额尔齐斯河特有的一个景致。

国家西部开发英明举措的实施,自治区有关水利工程的启用,使这条古老的河又焕发出了勃勃生机,日夜流淌的额尔齐斯河,每一朵浪花,都是一首欢乐的歌……

额尔齐斯河,我们的母亲河!

雪

叶儿飘下了树梢，

风儿吹响了口哨，

又一个飘雪的冬天如期而至了。

朋友打来电话：你们那里的冬天很

冷吧？

我说:冷。滴水成冰啊!

在朋友的"嘘——嘘——"声中,我高

兴地告诉她:

可是有雪,很多很多美丽的雪啊!

边陲的雪，无法形容地多。初雪如纱，中雪如毯，大雪如絮……

边陲的雪，无法形容地大。体如铜钱，密如机织，广至天际……

纷纷扬扬的雪中，山隆起胸，树伸展臂，河挺直腰，小城藏起笑……都在尽情接受雪的抚爱。

我爱这边陲的雪。

当一个早晨，你打开门，呵，满院的洁白，满野的洁白。空气清爽如琼浆，天气温静如熟睡的少女，你的双眼为之一亮：

世界其实那么纯洁，似出生的婴儿，在"哇——"的一声叫喊声中，一切都崭新地开始。

昨日的烦恼随风而去，伸展双臂，你迎接了又一个热烈的生活。

边陲的雪,是流动的歌。

纷纷扬扬的雪中,车在流动,人在流动,鲜艳艳的红围巾在飘动……

每一朵雪花,都是跳动的音符。万物都是歌者,都是琴手。

那弹奏的旋律,竟这么和谐。如古筝流韵,婉转而悠扬。

歌声中,你会发现,历史和今天是一枝笔在抒写;过去和未来都是音符的组合。为古人叹息的泪,被明天感动的泪,都是一滴雪花融化的水珠……

我尤爱在刚刚停雪的大地上迈步,那又是另一番感受:

你听脚下的"吱——吱——"声,是对你迈出每一步的赞美,是大地兴奋的掌声。

但这赞美和掌声又是那么吝啬,只有

在你又一脚迈出的时候,才会为你喝彩!

你倘若原地踏步,雪的吱吱声杂乱而无力;你果敢地一步步走出,脚下的声音就会铿锵而威武!

——这是多么公正的声音啊。坚定地走在雪上,身后,就是一串美丽的诗行。

有一次,在河边的一个雪洞里,我惊讶地发现,一丛新绿正伸开了腰,一朵不知名的小花正揉着惺忪的眼睛。这是母亲的情怀啊!雪把寒冷挡在外面,它的怀里,正拥抱着刚刚分娩的生命。

边陲的雪,是这样坚决。她在毫不犹豫地否定了一切之后,又在毫不犹豫地创造着一切。啊,这该多么伟大。其实,浓绿的春,火红的夏,金黄的秋,都是雪的杰作啊!

爱边陲的雪吧。

滚一身洁白，把那种深邃的意境将自己浸透。这时，你的内心纯净得就像白纸，随时等待着思想的浓墨，滴染出幽美的图影。

　　爱边陲的雪吧——

　　不要因为冬天的凛冽，

　　而忽视雪的存在；

　　不要因为色彩的单调，

　　而埋怨雪的冷漠。

　　待来年，你会看到——

　　哗哗流淌的溪水，

　　是雪对生活的放歌！

中篇

小城情愫

小城里的擀毡人

太阳跳上树梢的时候，牙生开始了他一天的工作——擀制花毡。

从爷爷的爷爷开始，这门手艺传到牙生已是第五代了。这种民族传统手工艺制作技术，在于田县有200年以上的历史。

一条花毡很平常，但制作花毡的工艺很复杂。5岁开始跟爷爷学制花毡，15岁牙生就独立制出了自己的第一条花毡。如今已是35岁的他，他自己也记不清制出了多少条花毡,仅刻在他脑海里的各种图案,就有100多种。

选毛,弹毛,用染了色彩的羊毛编花纹,然后是铺上弹好的羊毛,用水淋湿后卷起来擀毡,一道道工艺牙生做得极认真仔细。他说,手工擀毡是细致活,细致了才能做出好东西。

牙生擀制的花毡远近闻名,方圆百里的百姓都来买他的花毡,就连几百千米外喀什的货商都来进他的花毡,出口到巴基斯坦等好几个国家。

牙生说,他的花毡没有商标,因为他独特的图案就是他的商标。他的图案别人学不来,就是被人模仿了他又有新的图案出来。他的图案别人不好学也学不像,因为他是在用心编织图案,每一幅图案都是他对生活的赞美和憧憬。所以他的图案里跳跃着生命的火花,窜动着理想的火焰。

牙生说,他不喜欢机器擀制的花毡,一千条毡子一个样,就像人没有个性,就像羊群里羊没有自己的名字。机器擀制的花毡是商品,他擀制的花毡是作品。

一种手工艺能流传百年,百年后的今天人们还对此高度评价,不仅仅是因为人们需要它,而是因为它绽放的是民族文化之花,是传统文化的瑰宝!

当初一起学徒的师兄弟们,除牙生外都去经商了,他们中的大部分都发了财,置起了很大的家业。牙生说,他不羡慕他们,他在祝福他们的同时也祝福自己,祝福自己的手艺越来越精,自己的花毡越做越好。

有几个大老板找到牙生,他们投资帮

他办厂,用他的技术生产更多的商品。而他说,在机器的轰鸣声中他会失去自我,祖上传下来的手艺他没法教会机器。作品是要人用心去完成的, 他愿意把手艺教给所有愿意学习的人——他的妹妹已成为他最好的徒弟。他还准备培养7岁的小儿子子承父业。

一条5千克羊毛擀制的花毡,在喀什集市上卖300多元,出口到巴基斯坦卖到800多元,而商贩们从牙生手里买走仅60元。

牙生对生活很满足,也很快乐,他最高兴的是每天能静下心来认认真真地擀制一条花毡。

喀纳斯的图瓦人

"什么地方好啊什么地方美？让我用歌声告诉你：喀纳斯啊有七个哈巴，白哈巴呀最好最美……"

当索伦格老人用图瓦语唱这首歌的时候，脸上抑制不住自豪的神情。

"哈巴"是蒙语中的河名。白哈巴位于距喀纳斯湖18千米的中哈交界处，是哈巴河源头的重要支流之一。这里地处阿尔泰山西南麓，崇山峻岭环抱，松林如海，绿草如毡,遍野鲜花烂漫,气候凉爽宜人。尤其是山谷间错落有致的一幢幢炊烟袅袅的木屋,构成了喀纳斯景区极富特色的风情画卷,因而,有人称这里为"东方的日内瓦"。

索伦格老人是图瓦人的骄傲。

图瓦人历史悠久,《隋书》《新唐书》《蒙古秘史》等古代历史文献中,都把图瓦人当做我国境内的一个古老民族。根据历史文献记载,图瓦人在历史上先后被称为都播、萨颜、索约特、土巴、乌梁海等。而近代史上又被称为德瓦、德巴、秃巴思和图瓦。图瓦人当时聚居在贝加尔湖以南,游牧在叶尼塞河上游、萨颜岭以北、黠戛斯以东的广大区域。我国境内的图瓦人全部分布在阿尔泰山区,人口约2600。

图瓦人多少世纪以来繁衍生息在阿勒

泰的哈巴河、库姆河、喀纳斯湖的肥沃草原上，世代以放牧为生。由于历史上长期与蒙古族相处的原因，在宗教信仰与风俗习惯上受蒙古族影响很深，在经济生活与文化生活上经过多少世纪沧桑演变，也完全融入了蒙古族社会，因此，当地把他们称作信仰喇嘛教的、讲突厥语的蒙古族图瓦人。图瓦人虽至今仍保留自己的语言，但多数情况下他们使用蒙古语言和蒙古文字交流。

在白哈巴村，有一所木屋建造的中学，图瓦人教师正在用蒙古语教学，图瓦人的孩子正在用蒙古文课本学习。几个年龄大些的孩子，正在排练蒙古族舞蹈，准备在村里"七·一"庆祝中国共产党成立八十周年文艺晚会上演出。

当过校长、村长、副乡长、乡党委副书

记、县教育局长的索伦格老人，虽然已经退休，但他几乎每天都要到村里这所学校来转转。他自豪地告诉我们，是他1975年亲自创办了这所蒙古语中学。漫步在校园的草地上，听着孩子们朗朗的读书声，看着当年亲手栽下，如今已20多米高的松树和柳树，索伦格老人心中泛起多少波澜和向往。

小木屋的教舍勾起他多少回忆，小木屋的村落令他多么爱恋……

这个走出大山，当了局长、住进了县城的楼房、去过北京进修、登上了八达岭长城、上过天安门城楼的图瓦人，如今又走回了大山，住进了木屋。

——他的老伴，还在村蒙古语中学教书。

——他唯一的儿子，如今已是这儿的中学汉语老师。

像热爱家乡的人一样，索伦格老人永远都离舍不了这片世代生活的故土。

白哈巴村静静地坐落在这崇山峻岭之中。有人才有村落，图瓦人与这村落一起，早已融进这大自然最美的画卷之中。他们是这大山的主人，他们是森林的儿子。

老人说，图瓦人热情好客……

老人说，图瓦人秉直……

老人说，图瓦人坚强勇敢，自强不息……

卫星接收设备是自家购置的。发电机是自家购置的。

每到晚上7点，索伦格老人无论多忙，都要放下手中的活计，打开电视机看《新闻联播》，第二天再把全国的新闻讲给村民们听。他常常亲自指导师专毕业回村教学的儿子，让他把更多的知识传授给图瓦人的后代。

老人说，图瓦人有自己的历史和文化，这些东西应该继承和发扬！

每当夜幕降临，老人就伏案奋笔疾书。他要写一本厚厚的书，让山外的人，让更多的人认识和了解图瓦人。

山中多雨，雨后天晴，两条彩虹似当空舞起的两条彩练，一头系着山腰，一头牵着树梢，把这个图瓦人的村落紧紧拥抱。

啊！喀纳斯的图瓦人，大山是他的性格，松树是他的热情，草原是他的爱恋，当空舞起的七彩虹啊，是他无尽的情感……

每当有远方的客人造访，索伦格老人总喜欢穿上图瓦人的服装，用图瓦人特有的芒芦，为客人欢唱——

箫声像天上的白云，飘荡在广宇的空间，传出大山、传出草原……

草原上的"白天鹅"

    在额尔齐斯河流域的辽阔草原上,千百年来,生活着一个勤劳、淳朴的民族——哈萨克族。哈萨克族逐水草而居,牧牛羊为生,歌和马是他们的翅膀。

    哈萨克族生活的环境优美,高山、大河、森林、美丽辽阔的草原,间杂着一些沙漠戈壁,策马扬鞭,尽可欣赏美不胜收的景色。哈萨克人热爱生活,乐观向上,千百年来,草原遍地都洒满了他们的情爱。

19世纪哈萨克著名诗人依不拉音·阿不敏沙林在《四月·沉醉的大地》一诗中淋漓尽致地表现了这种情感：

雁声，微传自遥远的晴空，

时雨，从山谷似瀑布般奔流，

高原上，雪花酿就的明湖，

在柔丽的云光下闪耀，

生活，一切仿佛在水蒸气里，

天边的旷野正迷醉于新绿的芳香。

诗人对草原醉人景象的描写，再现哈萨克人热爱大自然，崇尚大自然，愿与大自然融为一体的乐观态度。

野马、野牲跳跃于无人的原野，

快意的他们欣慰于野草之丛生。

闲适的身，白鸟和鹤向春湖投影，当太阳迷人视线的中午， 你会想，也许是在梦里，海市蜃楼在遥远的光波里向你幻变。

哈萨克人对生活的热爱，不仅表现在他们对现实生活的顽强抗争，在那个年代，虽饱受了斗争和压迫，饱受了漂泊和游离之苦，但对未来仍充满美好的向往与追求。正因如此，他们珍惜每一天的美好，用加倍的坚贞与恶劣的环境和恶势力斗争。这是一个真正不屈不挠的民族：

黄昏时，太阳转入了山头，

半个天被金粉装点，多么娇美。对你心爱的人歌唱吧！让歌声在幸福与甜美的春宵里荡漾，这也算你对创造主的答谢。

看，柔媚的姑娘从毡房中走出，

晚霞里，她的头巾

——遮盖了她面颊之娇红。

哈萨克族是中华民族大家庭的一员，

是一个历史悠久的跨国民族。额尔齐斯河流域和伊犁河流域是我国哈萨克族主要聚居区之一。阿勒泰地区总人口57万，由36个民族组成，其中哈萨克人口28万之多，约占一半，是该地区主体民族之一。

对于自己民族的起源，在哈萨克族众多的传说中，流传着一个白天鹅的故事。

在遥远的古代，有一位名叫卡勒恰哈德尔的年轻民族部落首领。他雄姿英发，勇敢善战，常率军远征，战功卓著，深受人们的拥护和爱戴。后来，在一次战争中失利，部众失散，卡勒恰哈德尔也身负重伤，戈壁滩上犹如火炬一般。沉重的伤势，再加上极度的疲乏和饥渴，他倒在戈壁滩上，生命垂危。突然，天空裂开了一条缝隙，飞下一只白色雄天鹅。它给卡勒恰哈德尔喂了几滴口涎,然后把他带到蓝色的海边。卡勒恰哈德尔喝了水,精力渐渐恢复。顷刻间,这只白色雄天鹅突然变成一位美丽绝伦的少女,于是两人结为夫妇,婚后生下一个男孩。为了纪念他们奇异的结合,给这个男孩取名哈萨克,意为"白天鹅"。后来,哈萨克生下了3个儿子,长子名别克阿尔斯,次子名阿克阿尔斯,三子名江阿尔斯。别克阿尔斯的后裔为哈萨克族的大玉兹(玉兹,相当于地域性的部落联盟),阿克阿尔斯的后裔为哈萨克族的玉兹,江阿尔斯的后裔为哈萨克族的小玉兹。由于三个玉兹都是哈萨克的后裔,哈萨克人便以"哈萨克"为自己的民族名称。

哈萨克族至今仍十分崇敬白天鹅。白天鹅常生活在高山湖泊,洁白无瑕,质朴高雅,哈萨克人一直把它作为心灵美的象征,严禁捕杀。哈萨克人还有把死去的天鹅挂在毡房圆木栅上或把天鹅的羽毛插在小孩胸前的风俗。

哈萨克族是世界著名的游牧民族之一。几千年来哈萨克族都有发达的畜牧业。他们培育养殖了马、牛、骆驼、绵羊、山羊等牲畜。他们的日常饮食是以肉、乳、乳制品为主,辅之以面食、小米等。闻名中外的哈萨克马,被汉武帝赞称为天马、西极马。这些优良马种为发展生产、保卫领土、巩固边防发挥了重要作用。

千百年来,哈萨克族人创造了一套发展畜牧业的重要方法,如培育优良品种,放牧制度、牧草场分配和管理等。阿勒泰的羊肉特别好吃,这已经被多数人所印证过。究其原因与羊的品种、牧草质、草原分布、游动放牧等因素有关。阿勒泰羊(主要代表品种为肥臀羊),其身体中脂肪、蛋白质含量很高,营养丰富,胆固醇含量较低,肌肉紧实,味道鲜美。这些优良品种的形成,是与哈萨克族牧民千百年来的选种培育分不开的。他们对日、月、星辰等各种天象的识别也达到较高水平。这在岩画及历代载籍上都留下了极为丰富的内容。特别是部落印记和各种印记,已成为研究游牧民族史极为珍贵的资料。

长期生活在草原、高山、森林、大漠环境中的哈萨克人,以无限丰富的情感、剽悍豁达的气质,融合富饶美丽的大自然的养育,迸发出无穷的智慧,创造了绚丽多彩的草原文化。"歌与马是哈萨克人的两只翅膀"这句古老谚语,说明歌唱在哈萨克人民生活中的重要位置。近代哈萨克族杰出诗人阿拜·库南拜说：

歌声打开你生命之门，

歌声又送你进入坟墓。

他在另一首诗中还说：

绝妙的曲，

甜蜜的歌，

激荡着我的激情。

像我一样热爱歌曲，

让它陶冶你的性情。

哈萨克族是天才的诗歌民族，哈萨克草原是诗歌的草原。

哈萨克族人民在历史上一直和汉族人民团结友爱，相互学习。在张骞没有出使西域以前，从中原经北方草原又西经哈萨克草原的玉石和丝绸之路早已存在。远在商周之时汉文化已经和哈萨克族先民的文化有过长远的交流和融汇。汉唐时，汉文化更广传哈萨克草原，到蒙元统治哈萨克草原时期，更有大量的哈萨克人来到广大的汉族地区，勤奋学习汉文和各种汉文典籍。他们不仅精通汉语汉文，甚至不少人成了直接以汉文写作的史学家、文学家、书法家。在汉字书法艺术上颇有造诣的哈萨克族康里子山，书艺自成一家，为历代书法家所称赞，成为汉字书艺上一朵奇葩，流芳千代。哈萨克族是一个人才辈出的民族，历史上曾产生过不少政治家、军事家。到今天，他们很多男子的名字都包含着这样的含义，包拉提：坚强；阿斯哈尔：高峰、支柱；木拉提：理想；叶尔博：成为英雄……

哈萨克族以热情、好客闻名于世。客人来到哈萨克毡房前，主人便热情地迎上去，掀起门帘让客人进房。为客人铺上花毡，摆上餐布，拿出最好的食品招待客人。对远道而来的客人,特别是尊贵的客人,哈萨克人不但要宰"没有结婚"的白羊招待,生活富裕的牧民,还要宰一匹两岁青马驹招待。宰牲畜之前,主人还要请客人念祝福词。客人祝愿主人家四畜兴旺,事业发达,全家幸福,健康平安。

哈萨克人喜爱体育活动,这些活动多以民俗形式出现。他们认为,健康是最大的财富。哈萨克人最具特色的活动有赛马、姑娘追、叼羊等。

长期从事游牧生活的哈萨克人离不开马,马在他们生产、生活中占有重要地位。哈萨克语中有"马是男子汉的翅膀"这样的赞誉。赛马是草原牧民喜欢的一项群众性的娱乐和体育活动。参加比赛时,马不备鞍,马的鬃毛和尾巴都由加有各种颜色的布条辫起来。骑手都是十一二岁的少年,他们在马背上扬鞭催马,各显驭马本领。在场的观众摇旗呐喊,为小骑手们助威鼓劲,为获胜者而群情激昂。这是草原生活中壮观而热闹的场面,也是哈萨克族牧民群众喜庆的节日。

姑娘追是哈萨克人独特的马术活动,大多在节日、婚礼等喜庆的日子举行。不同氏族部落或地区的男女青年交错组合,一男一女两人一组。活动开始,二人骑马并辔走向指定地点。去的时候,小伙子可以向姑娘逗趣、开各种玩笑,甚至可以接吻、拥抱,按习惯,怎么嬉闹逗趣都不为过,姑娘也不会生气。到达指定地点以后,小伙子立即纵马急驰往回返,姑娘则在后面紧追不舍,追上后便用马鞭在小伙子的头上频频挥绕,甚至可以抽打,以报复小伙子的调笑,小伙子不能还手。不过姑娘一般是不会真打的，特别是如姑娘本来就喜欢小伙子，那她就会把马鞭高高举起，轻轻落下。但如果是姑娘不喜欢的小伙子，在去的路上又说了许多脏话或做了不少过分的动作，那姑娘就会毫不客气，挥鞭狠狠抽打。

不论在夏牧场或冬牧场，都可看到哈萨克人为发展畜牧业所付出的巨大劳动，都可看到绚丽多彩的各式各样草原文化，都可感受到像骏马一样奔驰的哈萨克人的杰出才能和永放光彩的文化底蕴。

改革开放政策使中国哈萨克族传统的生产生活方式发生着重大变革。如今，越来越多的哈萨克人在发扬本民族优秀传统的同时，开始在市场经济的天地中大显身手。

今天，从额尔齐斯河谷到伊犁河谷，从

毡房点点的春夏牧场到窗明几净的牧业庄园,哈萨克人的歌喉,不再因饥饿而干涩,不再因暴风雨而喑哑。他们的歌声,正把美好的幻想变为对现实的赞美。他们手中,握着一个伟大民族迈进现代化的伟大信念。

如今的哈萨克人,他们中的大多数已告别了四处搬动的毡房,在各个乡村定居下来,有了自己承包的耕作土地,种植小麦、玉米等粮食作物;有了固定的春夏牧场放养牛、羊;有的开起了商店,跑起了运输,走进工厂……他们的孩子,正在漂亮的校舍里读书、学习。在市场经济大潮中,逐渐富起来的哈萨克人,已将目光投向更远,他们的生活越来越绚丽多彩。

草原上的"白天鹅",正展翅高飞……

渡船·大河·老艄公

杂乱无章、任意疯长的芨芨草丛中，两只大船，像随意丢弃的两只巨人木鞋，静静地卧着。风从它身边吹过，雨砸在它身上。它沉默无语，仿佛在追忆着往日的每一个细节。一只灰色的小鸟，在它头顶上落下，用尖尖的嘴，在朽裂的缝隙间，夹出一条肥胖的虫子，拍拍翅膀，满意地飞去。

百步远的地方，一条大河自东向西哗哗地流淌。激流翻起的浪花，折射出几束耀眼的阳光。它从遥远的大山里来,它到遥远的大海里去。它时而喘着粗气奔跑,时而放慢脚步边走边小憩。它想停下来陪陪大船,告诉它一路发生的故事, 说说对前路的担忧。可是,无论怎样,它都不能驻足。它前面的路还很长很长。一条泛着白光的小鱼,从水面露了一下头,又赶紧折身到对岸去了。

老艄公坐在码头上。码头早已荒弃。水泥的台沿只剩下土和石头松散地挤在一起。一个圆圆的钢筋水泥柱子,还倔强地挺着腰。老艄公目光呆滞,怔怔地盯着一个地方。那地方有一艘采金的铁甲船,正轰轰作响。水和土石从船头吃进,又哗啦啦随着一股污流从船尾吐出。

一个戴眼镜的青年人, 带着他的孩子,从很远的地方来到大船旁。他抚摸着大船的每一块木板,木板上的漆已爆裂脱落。围着大船,青年人看了又看,摸了又摸。他在追思大船的童话。大船年轻的时候,青年人还小的时候,他们曾是要好的伙伴。几乎每天,大船都把他从南岸驮到北岸,又从北岸背到南岸。那时大船多威风啊!几百只转场的羊,它一趟就送过对岸;装满货的大卡车,它一使劲就背起两辆。那时的它多么快活啊,从早到晚不停地穿梭在大河上,却总也不知疲倦。

干裂的船舱里,牵牛花俏皮地爬出舱外,对着小男孩摇着头笑。小男孩疑惑地看着大船,像看一件不知哪个朝代的古董。他捡起一块石头,敲打船身,大船"咚咚"地应着声,刚想给小男孩说些什么,小男孩已丢了石头,朝河边跑去。

小男孩扔出一片扁石,河面荡出一串

水漂儿。大河哗哗地笑了。它认出了当年那个小男孩,那个常打着赤脚抠它痒痒、常扎个猛子到它肚里摸鱼的小男孩,如今也已长满黑乎乎的胡须。想到这,大河有一些伤感。从青年人惊异的目光里,它看到自己被碎石扭伤的腰,被铁船挖破的脸,被长着尖利钢牙的锯撕扯破了的裙……大河看见青年人已泪流满面。它心里一酸,猛地激起一朵浪花,想去吻青年人的脸,但不料自己也泪涌不止了。

老艄公没有泪。青年人却看见他呆滞的目光里,两行长长的哀怨正顺着长满皱纹的脸颊流下。

岌岌草丛中,大船静静地卧着。

"哗啦啦——"一声巨响,铁船狠狠地将一块大石头扔进河里,激起好高的浪花。

小城情愫

　　宽广、笔直的大道,像少女颈上闪闪发光的项链,一下把小城装扮得大气、洋气起来。小城人便洒脱了许多,自豪了许多。

　　夜晚,路灯闪耀着光华,三五成群的人们,漫步灯下的绿树丛中,阵阵凉风扑面……这时的小城,显得那么安详、温柔、可亲!

　　我爱小城。爱小城的天,爱小城的山,爱小城的水,爱小城的人……

　　小城的天是湛蓝湛蓝的,一尘不染,大

海明镜一般。天上的云，更是水洗似的洁白，如一片片飘动的纱，一块块移动的玉。

小城的山不高，小城的山很土，但小城的山灵气十足。

俗话说"山不在高，有仙则灵"，小城的山也许正应了此名句。"仙"为何人，小城人不说、不讲、不夸，但小城人却爱山爱得透彻。这也许是小城人的含蓄美吧！每当有远方客人造访，小城人都喜欢把他领上这座山，与其说看山，不如说是看城。站立山顶，小城一览无遗，这时看小城，绿树环抱、层次分明。小城虽不大，机敏的人，一眼就看出他的气魄，他的梦想。你看，学子在山上酝酿未来，情侣在山上勾画未来……这座山啊，为小城人带来了多少遐想，展开了多少画卷！小城的河是风景画。小鸟儿叽叽喳喳,把春天衔给树梢,树梢儿伸了伸腰,春天便着上新装。河水嬉着浪花,吹着哨儿,赶着趟儿,把欢乐吻给了河滩,树儿草儿挺直了腰,夏天便涂上了阴凉。

河边是小城的天然公园,是小城的故事和童话。你看,垂竿的钓者,光着腚儿嬉闹的玩童,以及草丛中的牛……都是这故事和童话的主人。

依山傍水的小城,它是那样的年轻,又是那样的俊秀。因为山、因为水,更因为人,小城便有了山的气魄、山的力量、山的胸怀,便有了水的温柔、水的爱恋、水的情感。

因为山,小城的男人是山,

因为水,小城的女人是水,

山水孕育的小城,是男人和女人的爱。

有一次,在素有"人间天堂"美称的杭

州,一位朋友问我:"我们杭州好吗?"我说:"好!""我们西湖美吗?"我说:"美!"但我告诉他:"大西北边上的那座小城——北屯是我的家!"

小城是我的家。小城有我那么多那么多的亲人,那么多那么多的故事,那么多那么多紧随时代脚步的强音,怎能不让人爱恋。

当太阳从小城人左肩上滑下,他们又把新一轮的太阳扛在右肩。我想说——在小城的人,好好生活!离开小城的人,常回家看看!

帕米尔散记

不到喀什不算真正到了新疆。到了喀什一定要去领略帕米尔高原风光。

塔什库尔干——就是帕米尔高原上一颗璀璨耀眼的明珠。

从南疆重镇喀什市向西南298千米，就到达喀什地区所属的塔什库尔干塔吉克自治县县城。

在街上转悠时，我发现这个地处海拔3400米高原上的小小县城里不止一两个宾馆。在城中央的十字路口处，一座更洋气的宾馆已经封顶，三层欧式结构的洋楼虽楼层不高，却很大气、洋气。

这里并没有显出偏僻和落后，相反倒觉得塔吉克人的生活很富足。三三两两的塔吉克妇女头戴着一顶平顶的小花毡帽从身边走过。

中国的塔吉克族，作为五十六个民族大家庭中的一员，长期居住在帕米尔高原上。塔什库尔干塔吉克自治县有塔吉克人25000余（全县总人口3万余），占全国塔吉克族的85%以上，有"世界屋脊的居民"之称。

塔吉克族属欧罗巴人种地中海类型，白种人。他们深目高鼻，面貌较像土耳其人。居住在寒冷高原的塔吉克男子，戴羊羔皮高统帽，它用黑绒作面，上绣几道花边，帽檐下翻可以掩双耳或面颊。女子戴的绣花棉面平顶帽有后帘,可挡风保暖,并喜欢在前面缀上一排排小银链,很漂亮。

传统的塔吉克男子服饰朴素,他们穿圆领衬衫,外着黑背心,冬天皮衣皮裤,衣服上绣花,在腰间扎腰带。女子爱穿连衣裙,灯笼裤,外罩黑背心,佩戴各种珠宝首饰。已婚女子,把围裙系在背后,并在发辫上装饰银色纽扣。

塔吉克民族是如何演化而来,我不曾考证。《大唐西域记》里记载,唐玄奘西天取经路经此地,拜见朅盘陀国王时,国王向他讲述朅盘陀国来历的神话。很久以前,波斯国王派使臣前往中原,迎娶一位汉代公主为妻。归途中行至葱岭,时逢前面发生战乱,路途受阻,使臣无奈,只好将公主安置在一座险峻的孤峰上。不料3个月后,公主竟身怀六甲。使臣惊恐,忙拷问兵率,皆不得知。百般盘问之下侍女才道出原委。原来每日中午有一伟丈夫从太阳中乘骏马下凡与公主幽会,与他人无扰。使臣与随从合议,回国复命性命难保,不如拥公主留居此地。不久公主产下男儿,成为竭盘陀国王。竭盘陀国王自称其是"汉日天种",即汉代公主与太阳神结合的后裔,就是现代的塔吉克族。

塔吉克人是否真是汉代公主与太阳神结合的后裔,那得人类学家去考证。但令我感到惊讶的是,在塔什库尔干,在帕米尔高原,很多真实存在的东西,与"汉日天种"的传说竟十分吻合。

县城的东面,有一座石头城遗址,属省

级重点保护文物。石头城的城基是大石岭，城墙以石块垒砌成，故得名。据考证，石头城建于南北朝梁代以前，元朝经过修整，现在我们看到的是清代修缮过的城堡。考证认为这座石头城，就是公元初塔吉克人的先民建立的朅盘陀国的都城。

　　石头城建在两山之间的大石岭上，站上城堡，县城和方圆几十里一览无遗。分内城和外城两部分，外城方圆3600米左右，已严重破坏，我们看到的只是城墙、炮台和居民住宅遗迹轮廓。但内城保存却较完整，方圆1300米大小，虽然是残墙断壁，碎石残土，古代城堡的威严仍依稀可见。内城是朅盘陀国国王的皇室，由宫府、军政官员的府邸和佛庙组成，形成壮观的城楼。站在十几米高的城墙一角，眺望远处，雪山、草地尽收眼底。

塔什库尔干有"鸡鸣四国"之称,意思是在这里公鸡一打鸣,4个国家都能听到。虽然夸张,却道出了它独特的地理和资源优势。它是连接中亚、西亚的纽带和桥头堡,西与塔吉克斯坦,西南与巴基斯坦、阿富汗接壤。现行边境线长888.5千米,是我国国境线最长、毗邻国家最多的唯一塔吉克自治县。

　　作为世界屋脊帕米尔高原上一颗璀璨明珠的塔什库尔干,在世界范围内都有一定名气。近百年来,有无数国内外探险家曾来过这里,探奇寻宝。近年来随着旅游热的涨潮,国内外游客更是纷至沓来。

　　塔什库尔干原名蒲犁,又名竭盘陀,文字记载的历史已有两千多年。

　　塔什库尔干,维吾尔语意"石头城堡",

因"朅盘陀国"的石头王宫而得名。世代生活在这里的塔吉克人,只有语言没有文字,本民族语言属印欧语系伊朗语族车部语支。官方语言为汉语和维吾尔语,信仰伊斯兰教。塔吉克是民族自称,意为"戴王冠者"。塔吉克人至今仍把自己当做太阳神的后裔。

这里曾留下过马可·波罗、斯文·赫定的足迹,出现过晋代名僧张显、唐代高僧玄奘的身影。我曾想,在这雪域高原上跋涉的僧侣和探险家们,如何抵抗寒冷和饥饿?如何翻越千里冰封雪飘的原野?当我身处其中,感受到了塔吉克人热情好客、尊贵为主的品德后,一切疑虑皆消了。不仅是先人们神秘迷人的民族习惯,如诗如画的高原风情,壮美妖娆的雪域风光,风景绰约的葱岭山水,令我们这些凡夫俗子们也流连忘返,浮想联翩。

塔什库尔干,世界三大宗教(佛教、基督教、伊斯兰教)、三大语系(汉藏语系、印欧语系、阿尔泰语系)和四大文化体系(中国文化体系、伊斯兰文化体系、印度文化体系、欧美文化体系)在这里交叉、碰撞、融合,形成了独特的文化底蕴和人文景观。

海拔8611米的世界第二高峰乔戈里峰,海拔7546米的"冰山之父"慕士塔格峰,到处都是冰川、冰塔和奇山怪石、城堡驿站,每年都吸引来自世界60多个国家和地区的官员商贾、旅客学者。这是高山民族与冰山文化的神奇魅力。

牦牛是高原大型动物,分野牦牛和家牦牛,在世界上仅分布于亚洲的青藏高原,其西北部延伸至新疆昆仑山和阿尔金山一带。牦牛适合在海拔3000~6000米的高山谷地生活，在低海拔区很容易死亡。

帕米尔高原上的牦牛是当地塔吉克人饲养的家牦牛。家牦牛是野牦牛长期驯化而来，又叫犏牛。它和黄牛杂交生的小牛叫犏牛。犏牛和骡子一样，没有生殖能力，但它体格魁梧，性格温顺，力大而强，适于在高原地区做役畜。家牦牛虽外貌凶猛，但性格很温顺，在马也不能走的石滩地和陡坡地上，身负近百千克货物，如走平地，非常平稳，被誉为"高原之舟"。

红其拉甫中巴国际界作为中巴公路314国道的终点，高高立在海拔5100米的一处山包顶上，距县城126千米，海拔比县城高2000多米。我们现在看到的界碑，是1966

年中巴两国重新竖立的7号界碑。界碑有两块，花岗岩刻制,314国道终点的山包上路两边各竖一块，正面分别刻有红色的中华人民共和国国徽和"7"字样,背面是巴基斯坦字母和巴国国徽。这里是通往巴基斯坦的中巴公路国内段的终点，有古丝绸之路上的"红色国门"之美称,成为一道亮丽的风景线,为世人瞩目。

红其拉甫,意为"血谷",是昔日盗贼出没之地,也是战争频发之地。这就是古老、神秘、充满传奇色彩,一切被视为"万山堆积雪，积雪压万山"的神秘禁区的红色国门。自1986年5月1日首次对外开放以来,成为多国游客往返边境、探险索幽、大饱眼福的旅游胜地。

红其拉甫界碑左右两边是高耸的雪

山,南北绵延万里。作为边关,确有"一夫当关、万夫莫开"的雄势,地理位置十分重要。据《旧唐书·高仙芝传》记载,唐天宝六载(747年),吐蕃势力侵入葱岭以西,位于葱岭西面的小勃律国国王投降吐蕃,阻断了丝绸之路,唐朝与安息一带的来往断绝。唐玄宗即派安息都护高仙芝从龟兹国出发,率领骑兵一万,去打通这条道路。这支部队历经千难万险,历时八八六十四天,来到葱岭,仿佛兵从天降,与惊慌失措的吐蕃人展开了一场硬战,双方厮杀得昏天黑地,历经七七四十九天,唐军杀伤俘虏吐蕃军无数,活捉勃律国王,才使得丝绸之路——红其拉甫古道重见天日,再现辉煌。

帕米尔高原多鹰,塔吉克人把自己比作雄鹰,所以鹰就成为了塔吉克民族的象征,素有"鹰的民族"、"帕米尔雄鹰"、"鹰一样的人民"的美称。

关于塔吉克人与鹰的故事,当地有几个动人的传说,很耐人寻味。

故事之一,相传有一个猎人叫瓦发,他家祖辈为奴,父母受巴依压迫,而悲惨死去。当这种无情的灾难就要降临到瓦发头上时,他家祖上唯一的遗产和生活依靠——猎鹰,要求主人杀死自己,用其翅骨做一支笛子。瓦发含泪杀鹰,取骨成笛。笛声一起,无数只猎鹰从四面八方飞来,猛啄巴依的头。巴依不住求饶,答应将财产分给穷人。猎鹰为瓦发报了仇,人民获得了安宁。

故事之二,相传巴依家有一对青年男女奴仆,他们相爱之事被巴依知晓。一天半夜,他们逃了出来,巴依追上后用箭射死了姑娘,姑娘变成了一只鹰,在找巴依复仇时受了伤,临死前留下遗言,让心上人用其翅骨做一支笛子,使笛声成为他们爱情永久的见证。

故事之三,据说有一次外国侵略者入侵塔吉克的山村时,牧民陷入绝境。此时牧民们忍痛按雄鹰的要求将其杀死,并将其翅骨做成笛子。笛声悲壮激越,裂石穿云。人们从四面八方纷纷赶来援救自己的兄弟,无数雄鹰也加入了战斗的行列,终于赶走了侵略者……

塔吉克人的见面问候非常特别和有趣,同龄的男人见面时,两人左右手相握,然后交叉举起,互吻手背。上了年纪的女性则伸头互相碰一下鼻子(若不仔细看,还以为两个女人亲嘴)。女性小辈则吻男性长辈的手心。乡上和县上的领导来考察,姑娘便手托一个小盘,盘内盛有面粉,用手捏一点面粉撒在领导身上。据说,这种礼节只有在塔吉克人中间才有,有点类似西方人的礼节,但又不尽相同。塔吉克族是非常注重礼仪的民族,就连进屋到土炕上落座,也是男的坐左边,女的坐右边,老者坐上边,幼者坐下边。他们的食品也是以牛羊肉、酥油、酸奶和奶茶为主。

中国的塔吉克族是个能歌善舞、热情好客的民族。他们经常举行各种歌舞活动。他们用鹰骨制成笛子,用牦牛皮做成手鼓,男人吹笛,女人打鼓,男女老少一起跳起鹰舞。他们随意地演奏,尽情地舞蹈,场面热情奔放。

帕米尔,令人神往的地方。

敦 煌 散 记

莫 高 窟

莫高窟、月牙泉、鸣沙山是敦煌三大著名景观。前者为人文景观,集历史、文化之大成,冠绝东方,后两者为自然景观,堪称大漠奇迹。这一绝一奇,就使得小小的敦煌身价倍增,名噪四海。"山聚鸣沙／泉映月光／一曲琵琶弹古今／万米壁画写汉唐"。今日的敦煌已成为中外游人和中西文化的交集点,地位日渐显赫。

莫高窟,也叫千佛洞,坐落在敦煌市城东的三危山下,它像一个光彩夺目的珍珠,镶嵌在茫茫戈壁滩上,照亮了大江南北,五湖四海。莫高窟始建于前秦建元二年(366年),到唐代时已有"窟龛千余"。历经千余年自然和人为的破坏,至今仍保存着十六国、北魏、西魏、北周、隋、唐、五代、宋、元、清各朝代开凿的洞窟492个,壁画45万平方米,塑像2300余身,唐乐窟檐木结构建筑5座,是世界上现存最伟大的佛教艺术宝库,有"世界画廊"之称。1987年,联合国教科文组织将其列为人类珍贵文化遗产。

说起莫高窟的由来,还有一个传说。1600多年前,有一个高僧,带着三个弟子去西方拜佛求经,寻找极乐世界。时值盛夏,当一行四人行至敦煌时,干渴、饥饿难当,于是高僧便差三弟子智勤去三危山下的大泉河取水。夕阳西下时，智勤来到大泉河边，他喝足了水，顿觉格外清爽，抬头看眼前的三危山，立时怔住了，但见群峰间闪烁万道金光，弥勒佛、万千尊菩萨在光环中谈笑风生。耳旁似有鼓乐之声，并有万千仙女翩翩起舞……智勤惊奇间正欲探身细瞧，眼前景象突然消失。智勤大悟，此乃圣地，就是他们要寻找的极乐世界啊。于是高僧决定，在山壁高处开窟塑佛，描绘群仙奇景，并开出了第一个洞窟。这之后，许多佛教信徒为求神拜佛、消灾祈福，皆在这里修洞供佛，朝朝代代，越修越多。到了唐朝武则天时，这里已成为拥有1000多个石窟的佛教圣地了，所以该地又叫千佛洞。因为这些洞窟都是开凿在沙漠最高处，因名"漠高窟",后又叫成"莫高窟"。

莫高窟洞分三层,皆在峭壁上开凿,洞与洞间,架成悬壁廊桥相连,人行其上,如悬半空,可见当时开凿之难。加之山体为沙砾岩层结构,又经历代纷飞战火,能幸存到现在,实在不易。

莫高窟的佛洞有大有小,现存最小窟窿的仅 1 米高,50 厘米深,而最大的一洞却供奉着中国第二大、室内第一大佛,洞高 10 层楼,洞深几十米。令今人惊叹和折服的,并不在于大大小小的洞内的塑佛,而是四壁五彩夺目的壁面。

莫高窟自北魏到清代壁画的着色,皆用青金石作颜料,这种颜料五光十色,鲜艳长久,莫高窟壁画虽历经风雨千年后已显暗灰,但仍能让人感觉到其亮丽多彩。

莫高窟壁画是佛教艺术，其内容主要是根据佛经绘制的，因而，有的是一幅画讲述一个故事，有的是用连环画形式讲述一个故事，每幅画线条细腻，着色恰到好处，人物、动物栩栩如生。据说，著名画家张大千看后大声叫绝，一连数月为之激动不已。各地画家更是纷至沓来，揣摩、临摹、学习技艺。

壁画中的故事，多取材于佛经的一些神话和传说。其中许多故事，情节优美感人。《善事太子入海取宝珠》像一首能俘人心、引人入胜的抒情诗，细腻而满怀激情地描写了主人公悲欢离合的种种遭遇和忠贞的爱情，扣人心扉，动人心弦。《九色鹿的故事》则歌颂正义，谴责邪恶，赞扬舍己为人的高尚品德，摒弃忘恩负义的丑恶灵魂。这些壁画在一定程度上反映了古代民众的思想、祈求、希望，寄托着他们的苦难生活。壁画中也不乏有明显宣扬封建迷信的糟粕故事，但就其艺术本身来说，仍为瑰宝。

被称为中国文化史上的四大发现之一的藏经洞，是莫高窟的第17窟。此窟封闭了近800年后，于1900年5月26日由莫高窟道士王圆篆发现，窟内有数以万计的古代佛经、道经及世俗文书等，是我国近两千年学术文化发展的宝贵史献，可惜这些宝卷多被外国人劫走，使中国文化蒙受了一次巨大损失。但随着宝卷的被劫，敦煌莫高窟的名字也响遍全世界。至今，大部分经书还陈列在英国、俄国、日本等国的博物馆中，令中国学者伤心。

也许是政府从文化遗产保护角度出

发，莫高窟如今向游人开放的仅是其中很少的一部分，每年却接待海内外数十万游人。许多人对此终生研究，并形成敦煌学。

莫高窟无以伦比的艺术价值和至今仍光彩照人的艺术成就，令国人无不骄傲和自豪。更令人高兴的是，解放以来国家对洞窟进行了多次大规模维修加固，使这一文化瑰宝永耀世界东方。

石窟依旧，更添奇光异彩；

阳光迎春，更加情深意长。

月 牙 泉

新疆喀纳斯有一个月亮湾，敦煌有一个月牙泉。两处景点我略作比较，应该说各具风韵，很难评判出一二，但就其影响来说，月牙泉要大些。

月牙泉形似一轮弯月，最长处不过百余米，最宽处十余米，水最深处两米有余，四周零星长着些芦苇。

月牙泉不能近看，近看只是一汪清水而已。远瞧之，三面高高的沙山之下，一弯明月落地，风姿绰约，柔美可爱。

月牙泉有"天下第一泉"、"别有天地"、"半规泉"、"牛扼湖"、"药泉"、"神泉"之称，古今中外一奇观。之所以称之为奇，一是它在大漠之中，二是它形似新月。

导游为我们一行新疆游客开了个玩笑，王母娘娘每天早晨在月牙泉洗脸，傍晚就又到新疆天池洗脚，所以月牙泉是王母娘娘的洗脸盆，天池是王母娘娘的洗脚盆。我们便笑道，怎么说都行，反正都是神水嘛！况且神仙一滴尿，也是无价之宝呢。

其实,真正的民间传说是,世居敦煌的青龙和黄龙搏斗,善良的青龙不幸败北,挥泪告别故土,月牙泉就是青龙的眼泪汇集而成。还相传,有一年敦煌大旱,白云仙子为解人间疾苦,便到广寒宫向嫦娥借月,恰逢初五月亮未圆,白云仙子只好捧着弯月放进泉里,那泉便化成如新月的月牙泉。泉水碧波澄澈,镶嵌在沙山深谷中,清水如镜,天光星影,隐现其中。它虽环以流沙,但每遇到风,不为沙掩,沙流山动,水清泉静,风微沙荡,龙形悠悠,不腐不涸,神奇莫测。

月牙泉名噪人间,且小小之泉代代念之,应是与特殊的地理环境有关,我因此想,不是如此,仅此一汪水,若在我所居阿勒泰,连养鱼人也弃之的。我又因此想到我们185团的白沙湖,其景其况,况比其差,景比其美,但却无此幸运,皆因水泊之多,无以为奇罢了。世上之事,难说公平。但就其意义来说,白沙湖就远差于月牙泉了。就如同漂亮与美的评价,漂亮只是对女子外表评判,美却是内质的东西,作用于感受。

敦煌历史上是我国较早外通世界各国的门户,又是内联中原的枢纽,古丝绸之路三通聚敦煌,是其咽喉之地。比一般地区来说,得风气之先和西域有广泛联系,当今跨甘肃、新疆、青海三省,又是经济文化的交汇点,这就形成了独有的风貌。

据有关记载,月牙泉最大时宽约150米,长约450米,深约5米,是现在的数倍。现在,三危山下,当年波涛滚滚的大泉河早已干涸成一条干沟,而月牙泉却仍能有这一汪清澈之水,当为上苍厚爱了。

为了保护好这一珍贵的自然景观，在距月牙泉一千米处的沙山下，当地政府专门修建了一座千余平方米的小水库，并在水库与泉水间开垦了农田，通过水库渗水和灌溉渗水补给月牙泉水源，同时也防止地下水的继续下沉。

在这不大的月牙泉里，仍生活着一种名叫铁背鱼的名贵鱼，是当地人称敦煌三件宝——铁背鱼、不老草、五彩沙中的一宝。这种鱼受到特别的保护。在月牙泉旁细看，能看到手掌长的铁背鱼在水中清闲嬉戏，为月牙泉增添了情趣。

1992年，鸣沙山和月牙泉被国家列为"旅游胜地四十佳"。1994年，又被国家批准为国家重点风景名胜区。有人认为神话故事中的王母所居瑶池仙境就在鸣沙山与月牙泉处。所以每年 8 月，当地人都在这里举办一次蟠桃盛会。

鸣　沙　山

敦煌鸣沙山确有与众不同之处。第一次来，我觉得其雄伟独秀，值得一游；这第二次来，便又觉得其韵味无穷，甚至流连忘返了。难怪有人已来数次，但仍得时再游。

导游自豪地说，他们敦煌人杰地灵。"人杰"我倒未切身体会，但"地灵"却当之无愧。你看，在数十平方千米内，戈壁大漠深处，竟同时拥有莫高窟、鸣沙山和月牙泉三处世界著名景观，不得不让人折服，更羡慕它们每年为敦煌带来大笔的旅游收入，多少人因此发达。据说，仅旅游收入一项就占敦煌年财政收入的一半以上。

鸣沙山又名沙角山、律沙山、漠高山、神沙山、白龙堆，位于敦煌市城南 5 千米处，因沙鸣而得名。单从这一连串的"又名"便可看出，当地人对它有多敬重了。相传，古时候有一位将军，在此打了败仗，全军覆没，积尸数万，忽狂风四起，飞沙走石，天昏地暗，伸手不见五指，一夜之间，吹沙覆盖成丘，后沙丘内时有鼓角声相闻，人们就称其为鸣沙山了。

又相传，古时候正月十五，人们在这里耍社火，有高跷、秧歌、狮子、旱船、打狗熊、跑竹马等各种杂耍，热闹非凡。正当人们热情高涨时，忽狂风大作，一时间，沙山平地起，把所有人都压在沙山下。所以当后来有人登山滑沙时，沙下之人就鸣曲擂鼓，以求获生，但谁也无法移沙救之。

这两个传说我都不喜欢，好像鸣沙山是一大坟冢，登山来不是求乐，而是听冤魂挣束之鸣来了。当导游说完，一行人都说不好不好，大煞风景。我便告诉导游，这样的故事最好不要再讲了，编个美丽的传说。可是后来在山下的书摊上又读到这两个传说，便觉得敦煌人太实在，有啥说啥，是啥就是啥，过之便迁了。敦煌人听了，只是笑。

俗话说，远看山形，近看山神，我倒觉得，从哪个角度看，鸣沙山绵亘横卧，宛若游龙，应是神龙之身，吉祥之地。它虽无花木，却流光溢彩，尤其是傍晚夕阳晚照，晶沙折射出七彩光环，使得蓝天增色，祥云流彩。它虽是山形，却无刀斧之威，险峭之严。那坡如肤，梁如臂，满眼温柔。登山之难莫如攀沙。鸣沙山高数百米，峰峰相连，梁梁相牵。在山下望之,雄心勃勃要登顶展臂,一览美色。可事非人愿,其沙滑若油脂,上一步,下一步,费九牛二虎之劲,我才爬上半腰,气喘吁吁之间早没了雄心壮志。据说,要登到山顶,气力好的人起码要两三个小时。但从山上滑下却也威风,坐在打了蜡的爬犁上,呼啸而下,如鹰击长空。虽扯长了耳朵也未听到沙鸣之声,倒也有风光感受,心胸舒坦。

敦煌现在虽属戈壁沙漠之地,但在6亿年前的古代寒武纪末,该地区仍为原始海洋所覆盖,海生无脊椎动物和海生藻类植物普遍繁殖。约在5亿年前的古生代奥陶纪末,整个河西走廊是个内陆海,祁连山一带是个大地槽,敦煌是沉积着大面积沙砾岩层的海底,后由于地壳多次变化,海底成为陆地。

　　相传,远古的敦煌,为茫茫沙海中的一片美丽富饶的绿洲,是由一块绿色宝石变来的。汉唐以前,中国西部的匈奴,屡犯中原,而汉族统治者,为了避免战争,便采取"和亲"的政策,以求睦邻友好。有一年,一位公主要远嫁了,临行前,皇帝给她金银绸缎,她不要,她只要皇上后花园里的那颗绿宝石。皇帝只得依允。为防不测,公主将绿宝石让仙鹤含在嘴里同行,但途中因难耐酷热干渴,仙鹤不幸死去,公主伤心至极,便将仙鹤连同它嘴里的绿宝石一起埋葬。谁知不多时,埋仙鹤的地方,出现一片水草丰美、绿树成阴的绿洲。从此,来往行人在戈壁大漠途中有了休息养生之地,商贾不断,居者渐多,人气渐旺,成为佳景。这地方便是现在的敦煌。戈壁深处有佳景,这佳境实乃天赐之作。

"蓬莱桃源忽现,黄沙依旧一怆然"。鸣沙山经常给敦煌带来另一奇观,便是沙海蜃楼,古人称之为阳炎。烈日之下,沙山之间,一会儿滚滚波涛汹涌,一会儿又树影婆娑,炊烟袅袅,一会儿万马奔腾,一会儿又楼层闪现……据目击者说,其景之佳,胜比海市蜃楼。

人说"看景不如听景",而鸣沙山之韵,则一要看,二要听,三要用心感受,方可领会其绝妙。

回来途中,一同行者说:"鸣沙山没趣。"

我说:"鸣沙山畔听鸣沙,风静沙平别有声啊!"

织金洞探幽

初到毕节，就听毕节党委宣传部的何副部长悉数贵州的N个一："一棵树（黄果树）、一个洞（织金洞）、一个寨（西江千户苗寨）、一瓶酒（贵州茅台酒）……"这其中的一个洞——织金洞，据说被《中国国家地理》评为"中国最美的六大旅游洞穴"之首，有"织金洞归来不看洞"之美誉。

我们第二天一早乘车从毕市出发,在蜿蜒的山路上爬行了3个多小时后，到达织金县城。在县城吃午饭时,织金县委宣传部领导说:"县长和'洞长'正赶来,要陪同你们参观织金洞。"我还是第一次听说"洞长"这一职务,深感惊讶,何副部长笑着解释:"'洞长'就是织金洞风景名胜管理局局长,因为管着织金洞,大家都戏称他'洞长'。"我们都开怀大笑。见到"洞长"后,我开玩笑:"全国的局长不计其数,而'洞长'屈指可数啊!""洞长"当仁不让:"我是名副其实的中国第一'洞长'!"他指着县长说:"看他,全国有2500多个县长,可'洞长'我位居第一,你们说,我俩谁的官大啊?"满桌人又哄堂大笑。

织金洞位于贵州西部织金县境内东北面的官寨乡,属西部高原山区,是典型的喀斯特地貌。"洞长"告诉我们,织金洞最显著的特征可以用3个字来概括:"大"、

104

"奇"、"全"。

"大"：指织金洞的空间及景观规模宏大，气势磅礴。已勘察长12.1千米，目前开发6.6千米，洞腔最宽跨度175米，相对高度150米，一般高宽均在60~100米，洞内总面积70余万平方米。织金洞是大自然赋予人类的杰作、精品。

"奇"：指景观及空间造型奇特，审美价值极高。风景旅游科学家们奇特度、审美度等各个方面给其中许多厅堂和景观评了满分。

"全"：指洞内景观形态丰富，类型齐全，岩溶堆积物囊括了世界溶洞的主要堆积形态和类别。

从县城出发，又坐车行驶了一个小时左右，我们终于到达织金洞。真是不看不知道，一看吓一跳——织金洞的"大"、"奇"、"全"令人叹为观止。

从两层楼高的洞口往下，缓步进入第一个大厅——双狮迎客厅。一个巨大和一个略小些的钟乳石，酷似一大一小两个雄狮，面朝洞口，迎接万千游客。细看大狮，怀中抱一小狮，身上还趴一小狮，似两个小狮子在和母亲嬉戏，活灵活现，憨态可掬。细数起来，应该是"四狮迎宾"。在第一个洞底回看洞口，明晃晃的阳光从洞口射进来，异常耀眼，似太阳悬照天空，恰好洞口十几米远的右上方又有一小点儿的洞口，光线阴柔，似一圆月，两个洞口一阳一阴悬于洞顶，如日月同辉，真是天作之美。

越往里走，洞越高大，一个个巨大的钟乳石，在灯光的照射下，有的晶莹剔透，有的红如火焰，有的黄如美玉，有的蓝如宝石，色彩斑斓。尤其是钟乳石形态各异，活灵活现。水塘边的这一岩溶堆积物酷似蹲着的大玉蟾，传说是居住在寒宫中的神蟾，专程赶到这里为游人引路。走进蘑菇云厅，回头观看厅中一巨型石笋，犹如蘑菇云冉冉升起，蔚为壮观。从后面看，蘑菇云又变成了世界杯赛的"大力神杯"。这仙界也许也有足球赛吧，要不，怎么会有这"大力神杯"呢！曲折而行到达琵琶宫，上方洞壁一倒挂垂直石笋，形似琵琶，造型逼真，琴弦分明，传说为宫中琵琶仙女所有。我想起白居易《琵琶行》："嘈嘈切切错杂弹，大珠小珠落玉盘"。细听，滴滴水珠落入潭中，犹如美妙弦音，形音相衬，绝妙无比。

许多文人墨客都把织金洞比喻为天

宫,说它有天宫似的宫殿,洞中遍布着神话中天宫的人和物,我觉得这个比喻非常恰当,因为洞中景致无不是仙界所有。从进口到出口,徜徉洞中,这边是牛郎织女,那边是织女盼郎;这边是观音送子,那边是飞龙缠柱;刚过"瑶池",前方又是一片晶莹剔透的石笋林;左边高大的石笋如一巨佛,那边又是一片"石花斗奇"、"古榕增辉"……十二生肖、人仙嬉戏、花草林木、神马浮云、亭台楼阁……似乎世上万物,在洞中应有尽有。特别神奇之处,无论是地上长的石笋石柱,还是顶上吊挂的石笋,左看为一物,右看又为一物;前看一景,后看又一景,可谓姿态万千,数不尽数。就连壁上一坑、脚下一石,都各有形似之物。原国务院副总理古牧游洞后大为观叹,欣然题下:"此景闻说天上有，人间哪得几回游。"

织金洞划分为11个大厅47个厅堂，簇拥着千座"塔"、万座"佛"，呈现出万千气象，无限风光——雄伟壮观的"地下塔林"，傲立挺拔的"雪压寿松"，虚无飘渺的"铁山云雾"，神秘莫测的"寂静群山"，金碧辉煌的"灵霄殿"，磅礴而下的"百尺垂帘"，亭亭玉立的"姊妹树"，栩栩如生"婆媳情深"……一幅幅大画卷，一处处小风景，摄人心魄。据专家考证，织金洞的规模、形态类别、景观效果都比誉冠全球的法国和南斯拉夫的溶洞等宏大、齐全、美观。

更令人神奇不解的，是我的"织金洞魔幻之旅"。

我尾随在同伴后面，边细品各种造型石笋的韵味边不停地拍照，不知不觉中，突

然发现一直在我前面的十几个人都不见
了。偌大的洞,满眼尽是神物,似乎只有我
一个凡人。洞中光线若明若暗,刚才还谈笑
声一片的洞,一下子变得空旷寂静起来。我
顾不上再拍照,沿着小路往前赶。

　　小路曲曲弯弯,一会儿上一会儿下,追
了十几分钟,还没见同伴的踪影。倾身细
听,没有一点人声。我纳闷,导游一路上用
电喇叭讲解,声音大得在洞中不停地回响,
怎么一会儿工夫,连人带声都"蒸发"了呢?
不管他们走出了多远,只要在洞中就一定
能听到他们的声音啊。爬上一座小坡,我沿
路又走了一百多米后,路也一下没有了。抬
头看,两个巨人正立在眼前,挡住了去路。
我左右环顾,只见一个圆形小平台,只有一
条来的路,没有去的路。我想,肯定走错路

了，赶紧返回找路吧。刚转身往回走，看见一个七八岁的小姑娘，着一身红衣，轻飘飘地沿路走来。我放下心来，心想："后面还有人啊！"小姑娘从我身边轻盈而过，我赶紧喊她："小妹妹，前面没有路了！"话声刚落，小姑娘转身不见了。我纳闷，在平台四周寻找，忽然看见一个巨人"脚"下有一个小纸牌，上面画着一个红箭头。我沿箭头的方向循去，发现两个巨人小腿间有一个一人来宽的缝隙，穿过缝隙小路又展现眼前。我赶紧沿着昏暗的小路往前走，想着去追上刚才那个小姑娘。四周都是黑乎乎的各种形影，只有小路若隐若现，左弯右转地往前延伸着。我大喊："小妹妹——小妹妹——等等，我们一起走——"我的声音很大，在洞中回响，但就是不见小妹妹回声。我想，她可能怕我是坏人，早跑到前面去了吧。沿洞左边绕过一个巨大的山包，一下又没有路了，眼前一片漆黑。我自语："这怎么可能呢？为什么不亮灯呢？"因为一路走来，每隔几米路边都有一个小灯泡，虽不明亮，但也让人看得见路的。话音刚落，一串灯亮起，从我脚下蜿蜒向山坡上延伸，一个环卫工打扮的妇女，正手持扫帚沿着山坡台阶往下扫呢。我大喜，沿着台阶一路小跑着爬上去，到了妇女跟前，我问："请问这路是通向洞口的吗？"我连问两遍，她都不语，好像压根就没有看见我一样，只顾一级一级往下扫。我不禁有些生气："这人怪怪的，一点不友好！"上到坡顶，有一段几米的平路，而后又曲曲折折、上上下下，一个洞一个厅地穿行了十几分钟，到了洞头了，却见洞壁上一对大铁门挡住了去路。

我想，坏了，又没路了，看来今天我要困在这织金洞中。

我正欲转身往回走，那大铁门竟"吱呀"一声自动开了半扇，一个直径2米左右的深洞展现在眼前。借着微弱的光，沿着30度左右的慢坡，我小心翼翼地往里走了几十米，拐了一个弯，眼前一下空旷起来——一个巨大的岩洞！只见洞中有一池清水，水上架一座石桥，洞的四壁尽是飞鸟走兽般的钟乳石，洞中的石笋犹如石林一般。走上石桥，听到涓涓流水的声音，过了石桥，又听到哗哗的瀑布飞泻而下的声音，走进"石林"后不时听到鸟的鸣叫和人的欢笑声。我判断，同伴们就在前面，而且出口也不会远了。

沿着洞壁上的台阶，一直上到洞顶部，

又一个岩洞呈现在眼前,我钻进洞里,到处是黑乎乎的怪影,没有一点声音。这洞静静地有些吓人,而且我老觉得那一个个怪影在动,不禁有些毛骨悚然。我大声喊:"有人吗——有人吗——"洞里回荡着一遍又一遍的"有人吗——有人吗——"

我奇怪:刚才又是鸟叫又是人笑,肯定同伴们离我不远的,怎么一下连声音都没了?!

我小心翼翼地在一个个的怪影中穿行,那怪影一会儿大一会儿小、一会儿胖一会儿瘦地在我左右飘动着,我闭上眼睛镇静了一会儿,心想:肯定是眼花了,这石头东西怎么可能会动呢?!睁开眼,看见一个人影飘至眼前,我一把抓过去,冰凉凉的一个细长的石笋立在眼前。正惊恐着,我突然发现左前方的洞壁上有一缕微弱的光线穿进洞来,有一级级石阶淹没在光线中。那肯定有个洞口,我想,管他什么洞口,只要能出去就行,而且要赶紧出去。

我三步并作两步地往前冲,一直跑得满头大汗。哇,终于看见一个小小的洞口。走出洞来,发现我正在半山腰上的一个十几平方米的平台上。抬头,是高高的山;低头,是深深的谷,谷中长满了竹子,台子上有3个工作人员坐在石凳上,看到我出来,其中一个问:"就你一个人?"我诧异:"怎么,他们还没出来?!"

没过几分钟,同伴们说笑着陆续从洞里出来,无一见我不说"我们在洞里到处找你,你倒自己先出来了啊"!

怪了,在织金洞里,明明是我在找他

们,怎么就成了他们找我了呀! 按出来的时间算,他们一定离我不远,怎么就相互看不见找不着呢? 难道我真走错路了?

我问:"你们遇见一个穿红衣服的小姑娘了吗? "

众人摇头。

我又问:"你们看见那个女环卫工了吗? "

众人又摇头。

我惊诧:"你们过那个小石桥了吗? "

众人疑惑地看我, 好像不明白我在说什么。

导游的一句话更让我惊异:"这洞里只有一条路, 一个进口, 一个出口呀! "

天呐!

……

你说, 这织金洞神奇不神奇?!

草原文化瑰宝——岩画

在额尔齐斯河上游的富蕴县城西北约40千米的库尔特乡唐巴勒塔斯山沟中,有两个石棚和两处棚外岩画群,岩画以红、黄两种颜色绘制而成。主要有人物、动物、同心圆、人面纹、植物纹、手印、脚印、星点、连点曲线以及奇特的几何图纹。据考古学家对其风格和内容推测,唐巴勒塔斯岩画为新石器时代晚期或早期青铜时代所作。

额尔齐斯河流域的人类活动有着悠久

的历史。公元前2000年以前，塞种人就迁来这里，逐水草而居，建立起游牧行国。西汉初期，塞种人又被匈奴打败的月氏人所迫，南走远徙。自此以后，匈奴、鲜卑、柔然、突厥、乃蛮、蒙古、葛罗禄、瓦剌、准噶尔、乌梁海、哈萨克等民族又先后在此繁衍生息。这些游牧部落或民族，在流域辽阔肥美的牧场上，创造了灿烂的草原文化，其中岩画艺术就是他们遗留下的草原文化的瑰宝。

岩画，是古代山地居民用颜料创作于岩石或岩壁上的一种图画，额尔齐斯河流域的岩画，因大多数用赭红色彩料绘于石棚，所以又被称作石棚岩画。岩画在我国北方草原带主要分布于新疆，新疆的岩画又以额尔齐斯河流域最多，它已成为该地区又一具有典型草原风貌的人文景观。

额尔齐斯河流域的岩画，涉及内容主要是狩猎场面和畜牧生活，有草原牧场、树木人物，有牛、羊、马、犬、野生动物，有徒手骑射，牧放牧归，有踏歌舞蹈、膜拜神灵等。这些生动活泼的古代艺术品，从不同角度形象地反映了古代阿勒泰游牧部族的文化面貌，为后人研究古代先民的社会形态、宗教信仰、生活习俗和艺术创作，提供了珍贵资料，也为热衷于山区草原旅游的人们增加了几分神往和探索的兴趣。

额尔齐斯河流域的岩画，重点的有富蕴县的唐巴勒石棚和哈巴河县的多尕特石棚群。此外，在阿勒泰市的切斯特、汗德尕特、哈拉塔斯、阿克塔斯等地也有发现。岩画多数出现在水草丰盛的山谷、河畔，有的刻画在悬崖峭壁，有的刻画在洞窟壁顶上，有的刻画在林下的巨石上，多临近古今牧道。由此可以判出，凡是出现岩画的地方，过去或现在都是优良的狩猎场和放牧场，都曾有较多的人群在此做过较长时间的逗留。科学家们从岩画上的动物和生态特点推断，阿尔泰山区在距今8000至5500千年这个时期，是一个气候温和，雨水充足，植物茂盛的时代。

阿尔泰山孕育了额尔齐斯可，也孕育了古代人类文明。在它的山岩峭壁上，人类涂抹的面积粗算也有数千平方米。没办法知道，地震毁坏和风雨琢蚀的图像究竟有多少，现在已发现的岩画有60多处，岩画洞窟3个，岩画3000余幅。如果把这些岩画汇集到一起，当颇为壮观。这些图像层层叠叠，上上下下，有韵律、有节奏地呼之欲出地爬满了岩壁。人与人之间，人与物之间，阳光灿烂，月色斑斓，骏马奔腾纵跃，鼓角响彻山谷，刀斧寒光闪闪，家犬汪汪吠叫。面对这惊心动魄的场面，人们怎么不感叹！有学者在研究艺术的起源时，得出这样一个结论，在游牧民族中，以传达消息为目的的符号，是绘画艺术的最早源流。

在阿勒泰市的乌拉斯特，有一幅狩猎图，形象逼真，栩栩如生。画面上，一个剽悍的猎夫，骑马开弓，正向一只长角鹿射去。此鹿惊恐万状，企图拼命逃跑，画面的右下角，有一犬，似在为主人呐喊助阵。画面下部有一只被射中而丧命的岩羊，旁边还有一只惊慌失措的鹿，它被眼前的情景吓呆了。画面生动有趣，构图严谨合理，体现了古代画家精湛的艺术才能。还有一岩画，虽风琢雨蚀不算完整,但其构图尚依稀可见:高高的山峰直指云天,空中有一疾飞之鸟,形似雪鸡,山下火焰高涨,草林中奔驰着惊恐的鹿、失魂的羊……这是《雪鸡奋身灭火图》吗?它似乎向人们展现了一个美丽动人的传说。很久很久以前,有一座雪山,山上茂林翠柏,郁郁葱葱,众多飞禽走兽,依林而居。有一次林中骤然起大火,鸟兽恐怖,无处藏身。一雪鸡非常同情怜悯,决心灭火,便一次次用嘴衔雪,撒在火上火焰狂烈,点滴雪水怎能扑灭大火呢?雪鸡的壮举感动了天帝,很快降下了大雨,熄灭了大火。一幅岩画就是一个美丽的传说,一幅岩画就是一个动人的故事。这故事、这传说,在阿勒泰草原文化长河中闪烁着迷人的光辉。

额尔齐斯河流域的岩画，以往发现的大多是人和兽的象形，1983年，考古工作者在阿勒泰市境内乌图布拉克岩画群中，首次发现了古代车辆岩画。这些车辆岩画都出现于大致相同的岩画的鼎盛时期——青铜时代。这一发现是自1939年中国、瑞典联合考察岩画45年后在新疆境内首次重要发现，是继我国阴山岩画之后的又一重大发现。这一发现，从内蒙古高原与新疆阿勒泰远古游牧民的活动历史中觅得了一个重要的联系环节。它生动地再现了我国古代游牧部落在大约公元前一千纪时期频繁活动的历史面貌，同时亦反映了诸民族、部落在额尔齐斯河流域所共同创造的远古游牧文化的一些特点。古代车辆岩画及其他重要题材的岩画的发现，将从岩画学的角度，进一步证实"阿勒泰是人类原始故乡之一"的论断。

近20年来，在中国学术界掀起了一股参观岩画的热潮，人们如朝圣般去参观，画家们从中汲取营养。岩画以及同时代的其他原始艺术，是把对生动美丽的观察力和艺术上粗犷的手法，浑然一体地结合在一起。在这些粗制的图形中，却能描绘出生活的真实，显示了活跃的生命力，而这往往是后来许多高级艺术慎重推敲所得不到的。这些事实的存在，恰好说明了草原艺术对现代艺术影响的魅力之所在！

草原艺术，既是古老的艺术，又是欧亚北大陆许多游牧民族至今仍在流传的艺术，它将以其特有的价值和魅力，而永葆青春！

下篇

祝福生活

鱼　　趣

额尔齐斯河是垂钓者的乐园。

一年四季，这里到处都可以看到钓者垂杆的身影，即便是冰封河面的冬季，也有好钓者凿冰垂杆或网捕。

有位老者叫郑兆亮，已离休多年。离休后的生活并不寂寞，几乎每天他都来到河边垂钓，生活因而充满了乐趣。

额尔齐斯河流域有"塞外鱼乡"之美称，盛产20余种土著鱼类，其中属经济鱼种的就有16种之多。这些土著鱼种,多属冷水性鱼类,由于生存竞争和地理因素的长期影响,多生活在水体的中下层,形体多为长形或长纺锤形,游泳能力强,怀卵量大,产卵期早,而且生长快,个体大,肌肉结实,蛋白质、脂肪含量高,味道鲜美。不少鱼种属于珍贵品种。

在额尔齐斯河钓鱼,不同于其他地方。这里,河水的流速快,鱼种多,因而各种鱼的钓法也不尽相同,有很多技巧。在垂钓者中,你很难评判出他们谁是高手。他们中间,有的擅长钓长额白鲑,有的擅长钓鲫鱼,有的擅长钓河鲈,有的擅长钓北极茴……同在一条河中垂杆,各自的收获总是不同。因而,每每在他们享受大自然的闲情逸趣之后,在各自的餐桌上,又享受着不同的美味。

额尔齐斯河有不少的特产优良品种鱼,其中的鳲鳇鱼早已闻名于世。《新疆图志》有如下记载:"额尔齐斯河产鱼似鳲,冬令冰合,凿冰捕之,每夜得数十斤,每斤银七、八角。"鳲鳇鱼,又名鳲,土名青黄鱼。大型淡水鱼种,大者可达数十千克或上百千克,无鳞,背部灰褐色,腹部银灰色,头小,口在头部下方,专食河流中的底栖动物。此鱼肉多刺少,味道特佳,且胆固醇含量低,营养价值高,属名贵淡水鱼种,多生长在额尔齐斯河中。鳲鳇鱼因为稀少而名贵,市场上一千克可卖到七八百元,但生活在河域的人却很少捕捞它,即使偶尔捕之,也主动放生,因而,在当地人的餐桌上,越来越鲜为人食。这也许是人们主动保护生态的表现吧。

大红鱼是淡水中大型食肉型鱼类,仅产于北冰洋水系的河流湖泊中,学名哲罗鲑。其背部呈古铜色并夹杂黑色的小斑点,体细长。这种鱼肌肉结实,味道鲜美,是当地出产较多的鱼种。大红鱼是当地特产鱼中体重最大的鱼,目前已捕到的最大体重506千克。据当地人讲,曾有人亲眼看见有二三十米长、跃出水面吞食牛犊的大红鱼。关于它的传说,在额尔齐斯河流域的土著人中流传有很多,著名的喀纳斯"湖怪",其实就是大红鱼。

除鲤鱼、鲫鱼、贝加尔雅罗、白斑狗鱼外,额尔齐斯河还盛产大白鱼、五道黑、花棒子、鳊花等鱼,这些鱼深受当地人喜爱。不管你走进沿河哪个乡镇的鱼市,见的最多的都是这些鱼种。这些鱼味美价廉,远销克拉玛依、乌鲁木齐等地。生活在戈壁边陲的人们，虽享受不到大海的恩惠，却因为有这么一条大河，可以吃到各种各样的鱼。

每当有远方的客人造访，当地人都喜欢以鱼待客。额河人吃鱼方法与其他地方不同，他们会扎扎实实地为您摆上一桌鱼宴，一二十道菜、一二十种鱼，一律用河水炖出，虽一样的水，一样的料，一样的做法，却让你吃出不一样的味来。

如果说，这里的人喜欢用一种鱼做出各种菜的话，那就是白斑狗鱼了。当地人叫它狗鱼，是因为它像"狗"一样凶狠。狗鱼在额河流域很常见，其肉质也很特别，刺少、肉实，人们经常用它做丸子、饺子、鱼片、熏鱼等，一条狗鱼，可做出十几种菜来。

狗鱼身体像个粗大的木棍，细小的鱼

鳞泛着银白的光泽，四棱鱼头却伸出个扁硬的嘴，张开后，可见密匝锋利的牙齿，形似于海洋里的鲨鱼。

有人讲了一个真实的笑话，一些从内地来的人到额尔齐斯河打鱼，起网时看到几条大狗鱼，撂下网就跑，吓得尿了裤子，嘴里喊："有水怪！有水怪！"当地人告诉他们那是狗鱼时，他们还迷惑地摇头说："难道还有长牙齿的鱼？"

有一篇专门写狗鱼的文章这样描述："狗鱼大的有二十多千克，两个一米八几大个子的人抬着，鱼尾还拖在地上。一条狗鱼一年要吃上百千克的小鱼。正因为狗鱼是鱼中的'凶狗'，当地人就用小鱼钓狗鱼。更有甚者，连小鱼也不用，而用一把明晃晃的勺子作诱饵，前面连一个三叉钩，抛进河里后，匀速收线,勺子在水里转动着前行,狗鱼就以为是游动的小鱼，冲上去张口就咬……用这种办法,高明的钓者,一天能钓上几十条大狗鱼呢。

也许是因为额尔齐斯河的鱼多，如今它的众多支流、水坑、田间水渠都有狗鱼出没。碰巧,你站在田间渠边上,会发现,映入眼底的一条或几条狗鱼，像二次大战中的潜水艇,神秘、阴险,还透着股不可名状的杀气,用肉眼看不清它摆尾,连它腮动都看不到,它滚圆的双眼却被看得十分真切,让人很难把它和鱼类联想到一起。这时,你稍有动作,它会像离弦之箭,射得不知去向,留下一团惊起的污泥。"

20世纪60年代以前，人们在浇水时从地里捡几条一两千克的大鱼，骑马从河的浅水处过河时踏翻几条大鱼，都不是稀罕事。在额河涨水或退水时,专事捕鱼的人忙不过来,鱼多得卖不完,还经常腌制后晒成鱼干出售,鱼价也极低。进入70年代后,降水明显减少,农田引水增加,河水也有不同程度的污染,加上人们曾一度在河中乱炸、乱捕,自然生长的鱼明显减少。进入90年代后,从保护生态平衡角度出发,有关部门加强了额河流域的管理,这种现象基本得到扼制。为了保护额河生态,人们开始加大了人工养殖。如今,在平原丘陵区的大小湖泊,均已投放了鱼苗,尤其是在水库中投放的鱼苗最多。人们不仅放养了当地的土著鱼种,还放养了长江、淮河流域生长的优良鱼种,如红鲤、草鱼、鲢鱼、鳙鱼、青鱼、团头鲂等。这些引进鱼种多系生活在水体中、上层的鱼类，与土著鱼类混养可收到合理利用水体，提高鱼产量的较好效益。

现在，额尔齐斯河流域的鱼产量已数倍于60年代，无论春夏秋冬，农贸市场上每天都有大量鲜鱼上市。随着在西部大开发中人们"再造一个山川秀美的大西北"意识的增强，额尔齐斯河的渔业生产必将还会有极大的发展。

天　鹅　记

小时候,我曾养过一只天鹅。

是10岁过生日那天,爸爸从额尔齐斯河边捡回了一个天鹅蛋。妈妈高兴地说:"真好,俺们小雨有福气,就把天鹅蛋给你煮了吃吧,愿你以后像天鹅那样远走高飞。"我执意不肯,因为我想起了安徒生的童话《丑小鸭》,鸭妈妈孵出白天鹅的故事,于是,我小心翼翼地把天鹅蛋放在了正孵蛋的鸭妈妈肚皮下。

一个月后，小天鹅果然破壳而出，我如获至宝，每天放学回来，都要精心照料它，盼望着它快快长大。

渐渐地，小天鹅的羽毛丰满起来，终于长成了一只大天鹅，细长的脖子，雪白的羽毛，头顶上长了一个红红的疙瘩，就像戴了一顶小红帽，煞是美丽、可爱。我在小房的一角，为天鹅精心做了一个舒适的窝，每天都为它梳理漂亮的羽毛。

天鹅越加丰满，终于能够展翅飞翔了。于是，我担心地问爸爸："天鹅会飞走吗？"爸爸说："天鹅是通人性的，只要你好好待它，它是不会不辞而别的。"天鹅经常扑展着双翼飞起来，但每次都是绕着连队"哦哦"叫着飞上一两圈后，又回到我身边。我舍不得它，它也离不开我。

爸爸当连长，家里经常人进人出，只要是熟人，天鹅就会显得非常亲昵的样子，对来人伸长脖子"哦哦"地叫，亲吻客人的脚跟。但如果是生人，它就会扑打着翅膀，冲上去咬住来人的衣襟，使劲撕扯。爸爸常笑着说："这生灵看家，比狗还管用呢。"这时我就会搂住天鹅细长的脖子亲它头上的羽毛，天鹅也用它硬壳一样的嘴亲昵我的脸，搔得我怪痒痒的。

可是，一年后的一天，我放学回到家，没看见天鹅像往常一样"哦哦"叫着在门口迎我。我心里一沉，预感发生了什么意外，赶紧找遍屋里院里，也未寻见它的踪影。

家门口停着一辆吉普车，爸爸正陪着团里下来的干部喝酒，妈妈忙着做饭。我顾不得许多了，拉住正在喝酒的爸爸，闹着去找天鹅。爸爸看看我，又看看客人，尴尬得不知如何是好。妈妈赶紧把我拉到屋外，搂住我的脖子不自然地小声说："听妈妈的话，客人走了再……"可就在这时，我发现了垃圾桶里一堆白羽毛和羽毛堆里露出的天鹅头。我的脑袋忽地大了起来，冲上去用颤抖的双手捧起血淋淋的天鹅头：它仍然圆瞪着眼睛，好像在向我诉说着悲哀与不幸。我一屁股坐在地上，号啕大哭："还我天鹅！还我天鹅……"

我不明白，爸爸为什么要杀掉白天鹅？为了可怜的天鹅，我绝食两天以示抗议和愤恨。天鹅的死，在我幼小的心灵上抹下了一道阴影。

没过多久，爸爸调到团里当了科长。搬家那天，全连的人几乎都来为爸爸送行。我却一点也高兴不起来，反而对爸爸产生一丝怨恨。我把天鹅的羽毛连同鹅头葬在了屋后的一棵老杨树下，为它堆了一个小坟。

十多年过去了，随着岁月的推移，我对天鹅的怀念也渐渐淡薄。不料，去年初夏我过生日那天，已经退休的爸爸来城里看我，竟给我带来了两只小白鹅。看着可爱的小白鹅，我不禁又想起了童年的"伙伴"天鹅，爱恋之情油然而生。爸爸不无愧疚地对我说："我一直想再给你弄只天鹅，可老是……"

看着父亲，我并没有责怪他，相反却对他产生了一种理解和同情。

我收下爸爸送给我的小白鹅，并精心喂养着它们。

老 杨 树

在城里，看到的大都是些碗口粗细的树，最粗的也不过脸盆粗细。于是，我常常想起那棵老杨树。

家在锡伯渡的时候，我们家房子后面有棵老杨树。树有多粗？我们5个小伙伴才能拢过来，大人也得3个人合抱。树皮黑而皲裂，纹深可以塞进我们的小手掌。树叶虽然已经不再像其他树一样繁密，但它的枝条纵横交错，像撑起的一把巨伞。

我们常到老杨树下来玩。为了搞清这棵树的年龄，我们也颇费了些力气。据老人们推算，这棵树起码已活了三四百年了。每年夏天，老杨树下便是我们一群小伙伴戏耍的乐园，也是大人谈天说地的场所。

特别是中午，开始是些妇女，从家里拿出个小板凳，几个围拢在树下，边做手里的活计，边嘻嘻哈哈地说笑。后来不知是谁，从附近采石场上弄来几块平整的条石和石块，架起了一个小石桌，石块当板凳。于是，老杨树下男的比女的多了。老是有几个棋迷在对阵，围着一圈观战的人。我们几个孩童每天中午，在额尔齐斯河里泡够后，就跑来树下打热闹，仰面八叉地躺在凉滋滋的地面上，数老杨树的叶子，可总也数不过来。

在孩子、老人眼里，老杨树底下是夏天

的乐园。

可是,在我9岁那年,一天半夜,几声闷雷过后,房屋被映照得通红。

有人惊叫:"老杨树着火了!"

老杨树着火了!熊熊大火映红了半边天空。全村的人几乎都来了,人们眼巴巴地看着老杨树很快被烧尽。

有人说,老杨树是遭了天火。

没有了老杨树,村子里的每个人都好似失去了什么。

到了第二年春天,几场春雨过后,小伙伴偶尔惊喜地发现,已经变成粪土的老杨树生长过的地方,长出了一棵嫩绿的树苗。

我们认定,它是老杨树的孩子。我们高兴地围着小杨树唱呀,跳呀,最后决定,由我们轮流值日保护老杨树的孩子,让它也长成一棵像老杨树一样的大树。

又过了一年，当小树苗长到快跟我一样高的时候，我便离开了小杨树，跟父母搬到了近百千米之外的城里。

10年后的一天，一个儿时的小伙伴来信说："小杨树已经长到水桶般粗细了，我们劳动之余又可以在那个地方乘凉了……"

由此，我联想，老杨树之前也许有一棵老老杨树；老老杨树之前有一棵老老老杨树……老杨树老了，化作粪土，孕育出一棵新的小杨树，小杨树长成老杨树，又化作粪土，于是又长出一棵新的小杨树……

我感慨，原来树的生命的意义也是如此像人生啊！

鸟儿声声

我家房前是一条大街，紧挨着屋后有一块空地，长着五六棵小盆口粗细的柳树。

春末，树上飞来两只不知名的鸟儿。自从这鸟儿飞来后，竟使我的生活起了小小的变化。

这是两只很特别的鸟儿，只有到了晚上和早晨才能听到它们的叫声，白天就不知道它们藏到哪里去了。每天，万家灯火闪烁，喧闹声停下来的时候，鸟儿的叫声就会从敞开的后窗传进屋来，叽叽啾啾——叽啾叽啾的叫声，如同少女美妙歌喉的歌唱，又似小提琴奏出的轻音乐，清脆悦耳，婉转动听，给人以赏花饮泉般美的享受。

晚上，我在这鸟儿的歌唱声中读书、写作，思路似乎比过去要开阔得多，情绪也显得特别高涨。白天房前大街上的吵闹声，工作的劳累，似乎都在这鸟儿的婉转声中消失得无影无踪，我像是得到超脱一般。有时看得或写得乏了，我就面对着窗外的柳树，凝神听一会儿鸟儿的鸣叫，细细品味它们叫声的调子，竟给我一种神游深山林海的感觉，美不胜收。有时我思路中断，难以驰笔时，也要凝神听几段鸟儿婉转的歌唱，思路就会茅塞顿开，继续驭笔驰骋。

鸟儿似乎晚上是不睡觉的。经常"开夜

车"的我,当困倦袭身时,就会觉得鸟儿叽叽啾啾地鸣叫似在催我:"快快休息,快快休息。"于是我会意地站起来,对着窗外的树上吹一声口哨,然后在鸟儿的歌唱声中进入梦乡。

不光是我,妻子也因这鸟儿的叫声有所变化。每天天刚亮,爱睡懒觉的她,就会摇醒我:"听,鸟儿在催咱们起床了。"叽叽啾啾——叽啾叽啾的叫声,恰似"快快起床,起床起床"的催促,于是,我和妻子就像听到命令一样,笑着赶紧起床了。

在这喧闹的城市里,能有这么一种田园般享受,着实给生活带来了不少情趣。本来因房子破旧而大为不满的妻子,也因为这鸟儿的叫声,像得到一种慰藉、一种满足了。我和妻子越发离不开这鸟儿了。

一天,早晨起床后,妻子突然显得担心地对我说:"呀,小雨,想过没有? 万一鸟儿飞走了可怎么办呐! "

妻子的话,也引起了我的担心。我说:"是呀,可鸟儿迟早会飞走的,到冬季来临的时候,它们一定会飞走的。"

我和妻子都沉默了。

"咱们能不能把鸟儿养起来,买个笼子关在里面,每天喂它们好吃的? 前楼的老吴家不是就养了只鸟儿吗? "

"对呀!"妻子的话一下提醒了我,激起了我极大的兴趣,于是,我和妻子决定分头行动。

下午下班时,妻子花了几十元钱,特意买回了一只精致的鸟笼,我们还精心布置了挂鸟笼的地方。

捕鸟我可是个内行。小时候我在连队时,经常上树掏鸟蛋,捕鸟儿,特别是捕活鸟,我有顶绝的办法。

晚上,我只用了一会儿功夫,便把两只鸟儿捕进了笼里。妻子高兴地捧着鸟笼爱不释手,并为它们准备了大米和清水。这是两只漂亮的鸟儿,它们不光有婉转的歌喉,而且有色彩鲜艳、华丽的羽毛和蓝莹莹的眼睛。

谁知,这看似温顺的鸟儿并不温顺,还很暴躁,它们在笼里扑打着羽毛,一次一次地往外冲,叽叽啾啾的叫声也乱无调子,妻子为它们准备的美食全被撞洒弄泼。

"怎么能这样呢?"妻子不解,并显示出很担忧的样子。

我说:"鸟儿都是这样,刚抓来时它们

不习惯,慢慢就会好的。"

谁知,第二天早晨,鸟儿不叫了,妻子赶紧去摘下鸟笼, 发现两只鸟儿淡黄的嘴巴都在往外吐着血, 妻子吓得大叫起来:"呀,鸟儿该不会要死了吧?"

鸟儿果真死了。这是我们万万没有料到的。

这两只不知名儿的鸟儿,像不肯屈服的烈女终于在为它们特意准备的舒适的笼中死去。听不见了鸟儿的叫声,我们忽然觉得生活中像失去了什么。晚上看书或写东西时,我的思绪老是恍恍惚惚,妻子有时在外屋故意把电视机开到最大音量,免不了我们又要争吵几句, 彼此都不愉快。终于有一天,我将那只花了我近一个月的工资买回的鸟笼狠狠地摔到了窗外的树干上。

"要能再听到鸟儿的叫声多好啊!"妻子说。

我 爱 绿 色

　　我爱绿色,绿色象征生命、象征希望、象征未来。

　　我爱绿色,是受父亲的影响。

　　父亲是1959年进疆的老军垦。无情的岁月已将他的脸雕刻得沟沟壑壑,但他还是那样喜爱绿色。每年春天,他都要种上几十棵树,有事没事,总要去侍弄它们,有时蹲在地上,看着树笑了。

　　我问父亲:"为什么要种树?"

"你不也爱绿色吗？"

"爸爸，您一生的爱好也许就是播种绿色的种子，观赏绿色了。"

父亲笑了："不光是我，我们军垦战士不都是为追求绿色而来的吗？"

一次我和父亲外出，在茫茫的戈壁滩上，远远我们看见戈壁滩深处有一片绿色，父亲突然来了精神，兴奋地对我说："相信不？那里一定是个农场。一打听，果然如此。"

我诧异了。

父亲得意地笑了："军垦战士都爱绿色。哪里有绿色，哪里就有军垦战士。"

我思忖了很久，终于明白了。我也要像军垦战士一样爱绿色。

家乡的红柳树

我的家乡到处都生长着红柳树。

其实,红柳是不能称作树的。你看,她既不像白杨那样有笔直的干,不像柳树那样有婆娑的枝,也不像松树那样亭亭玉立,挺拔向上。她顶多不足两米高,像堆草,蓬松着零乱、丫丫权权的枝。唯独特别的,是她的叶子和枝都一色的深红。

家乡的人,对红柳有着特殊的感情。

茫茫的戈壁上,没有花草,没有白杨和

柳树,更没有松柏,但你到处可以看到在贫瘠和干燥中倔强生长的红柳,只要看到那一丛丛像燃烧的火一样的红柳,你就不会觉得戈壁荒凉,你就会产生一种无所不胜的信心。

爸爸说,他们刚从内地踏上这片土地的时候,曾经悲观失望过,就是因为看到有一丛丛像燃烧着烈火一样的红柳,才使他们有了战胜戈壁、战胜荒凉的决心。他们在红柳丛下,用红柳搭起地窝子,用红柳铺成"床",用红柳烧水煮饭,用红柳取暖御寒……因为有红柳作伴,他们才在亘古荒原上开出军垦第一犁,耕出了良田,建起了连队,兴建了新城。

可是,当一片片良田、一个个连队、一座座新城出现之后,红柳却退却了,把位置让给了白杨、柳树和各种花木。因为她知道自己不能与它们媲美。然而,在那还未开垦的土地上,在那其他树木不愿生长的戈壁滩上,仍倔强地生长着一丛丛红柳。她在向人们招手,准备着继续奉献。

你看,红柳热情奔放——她像一团团火,给人以奋进的力量和希望;

你看,红柳不甘寂寞——她点缀荒无人烟的戈壁,给它带来生机;

你看,红柳谦虚顽强——她不与白杨、柳树争艳,哪里有荒凉哪里就有她的存在;

你看,红柳无私奉献——虽不能作栋梁之材,却寻找自己的位置默默地奉献……

难怪家乡的人这么爱红柳,因为从红柳身上,可以看到军垦战士的精神,家乡的红柳,正是他们性格和形象的写照。

我爱家乡的红柳，但我尤爱那些开发西部边陲的军垦战士。

闲不住的手

　　3年前,母亲刚退休的时候,我就和妻子商量,把她和已经退休的父亲接到城里来。老人家辛苦了一辈子,饱经风霜,也该轻轻松松、舒舒服服地安度晚年了。

　　母亲1954年从山东支边来到这当年荒无人烟的戈壁滩时,还是一个十八九岁的大姑娘,和一帮当地姑娘们一起坐上了开往大西北的列车,来到一个军垦农场。一晃,30多年过去了,当年乌黑的头发、白嫩的皮肤的母亲，在戈壁烈日和漠风的吹晒下，如今已是皮肤黝黑，满脸"沟坎"，两鬓如霜了。

踏上这片土地，母亲的手就从未闲过。这双布满老茧和裂纹的手，打过土坯，砌过房屋，扶过犁柄，握过钢钎，举过十字镐，修剪过果树，抚弄过瓜菜……还养育了我们。在我的印象中，母亲最大的特点就是有一双闲不住的手。

我敬爱母亲，在我的心目中，她是一个女强人，一个无愧于心的军垦战士。

母亲终于退休卸任了。可谁知，在和我们一起生活了几个月后，母亲还是又回到了她奉献过的那个团场，那个连队。

回到连队后，母亲把房后的一片杂草地开垦成了一片菜园。我不解，问母亲："就您和父亲两个人生活，两三分地就足够了，干吗要种这么多地呢？这不是自寻辛苦嘛！再说，您和父亲的退休工资也足够花了。"

母亲却搓着两手的泥沫子笑着说："这点地不多，我还嫌不过瘾呢。"

捧着母亲的手，我终于明白了，亘古荒原之所以能发生今天这样翻天覆地的变化，我们的伟大事业之所以有今天这样的业绩，不正是有无数双像母亲这样闲不住的手辛勤劳作的结果吗？她们正是我们生活的这个社会的支柱。同时我也明白了，从老一辈军垦战士身上，我们应该继承些什么，怎样去工作和奉献。

我 做 "羊倌"

躺在葱绿的草地上，一边听羊儿咩咩
地欢叫，一边读喜欢的散文和诗，望着蓝天
任思绪飞翔……

——放羊的日子，仍那么让我怀念。

毕业后，当同学们纷纷拥进工厂或机
关工作时，我却回到生我养我的地方。

连长说："会放羊吗？"

我说："小时放过自家的5只羊。"

连长说："5只也是放，100只也是放，

你就去放羊吧。"

于是，我做了羊倌。那年17岁。

其实倒不像连长说的，100只比5只可难放多了。不过有一点倒是相同，5只羊里有一个"头"，100只羊里也只有一个"头"，只要"领导"好"部落头领"，就会省心很多。我对那只大黑头羊说："哥们，你管100只羊，我又管你，我的官比你大。官大一级压死人，你可不要得罪我呀！"头羊很乖巧听话，点点头，我一高兴，封它为"黑司令"。

"黑司令"很够"哥们"，每天一大早，我打开栅栏门，吼一声："出发喽——""黑司令"立即第一个冲出圈，率领众"将士"浩浩荡荡出发。"黑司令"很聪明，它会率众直奔水丰草茂的地方。这时，我连羊鞭也不用挥,跟在一长串羊的后面,排号第 101 位,到草场后,我只管找个阴凉处,埋头想自己的诗、写自己的诗了。一直至傍晚,看太阳快落山了,我大吼几声:"'黑司令'——收兵喽!'黑司令'——收兵喽!"众"将士"就会跟着"黑司令"往回走。我只需一一数到自己的第 101 号排位,就可满载而归了。

牧归是最让人高兴的了。羊儿们吃得肚子圆得像皮球,走起路来一摇一晃很是得意;我伴着"咕咕"叫的肚子动情地放声朗读刚写完的一篇"大作",比羊儿更得意。

我的很多诗,正是早晨跟在羊尾后酝酿,傍晚收兵回来时成篇的。

但是好景不长,一次"血腥大战"后,连长撤了我的"职"。

那次,我正躺在草地上,看蓝蓝的天空

上一片又一片白云随风飘游,有的像羊,有的像山,有的像仙女……我的思绪随云飘游着,构思着一首叫《云》的诗。就在灵感顿现的刹那间,静静吃草的羊群突然炸群了,羊儿们惊慌失措,四处逃窜。

一只凶恶的狼闯进了羊群。这可恶十足的坏蛋正一会儿窜东,一会儿窜西,努力想抓住一只肥羊。

我被这情景惊呆了,站在那里,手足无措,睁大眼睛看着眼前发生的一切。

那是一条很大的灰狼,拖着一条很大的尾巴。我看见它凶恶的眼睛和长长的利牙。灰狼捕住了一只肥羊,毫不犹豫地朝着它的颈就是一口,殷红的鲜血立即喷射出来。我大叫着,抱起了个石头就要朝十几米远的灰狼砸去,正在这时,一个黑影朝灰狼冲去……

　　我亲眼目睹了"黑司令"舍己救羊的伟大壮举,也亲眼目睹它壮烈牺牲的血腥一幕。那场灾难,羊群两死两伤,我方损失惨重。

　　……

　　后来,我又干了很多种工作——挖渠、种地、教学……但我却总是怀念那段放羊的日子。

　　其实,做"羊倌"真好!

感谢国婵

老杜去黑龙江前,我托他一件事:如果到鸡西,一定帮忙打听国婵。

我自己也说不清,为什么要打听国婵,打听到了又怎么样。况且,我更清楚,仅凭十几年前的那个地址,绝对"打听"无望。

我在"鸡尾",国婵在"鸡头",我们相隔万水千山。我没到过黑龙江,更没到过鸡西。国婵没到过新疆,也更没到过北屯。

可是,鸡西在我心中留下的刻印,恐怕

今生也抹不去了。我想，肯定北屯在国婵心目中也不会这么快忘却。

挂念鸡西，是因为鸡西有个国婵。从未见过面的国婵，曾是我最知心的朋友。在我踏入文学的最初阶段，是她给了我莫大的鼓励。

高中二年级的时候，我有两篇小说同时在《中学生文学》和《新少年》发表，一篇是《再见，别克》，一篇是《阿娜尔古丽》。也许是因为这两篇文章是写哈萨克族朋友，也许是处于对边疆大草原的向往，也许是作品真的写得好，很快，我陆续收到近千封读者的信。其中一封，便是国婵的。

国婵是来信中最优秀的。优秀的原因，是她并不夸奖作品而是指出了不足。于是，在近千封来信中，我选择了国婵。从此，邮递员成了我们相互勉励和交流的使者。

国婵的文章写得好，字更秀气，每次读她的信，我就会想：她一定是个非常漂亮、感情丰富而又细腻的女孩。直到后来见到她的照片，证明判断是正确的。

我们几乎每周互通一封信，谈学习，谈苦乐，谈文学，最多的，是文学上的探讨。国婵告诉我，她所在矿务局中学有个文学社，她是其中一员。于是，在我的倡议和发动下，我所在的中学有了一个规模不小的文学社。国婵告诉我，在鸡西，有很多卖新疆烤羊肉串的人，人们很喜欢吃新疆烤羊肉串，于是，我很快在报上登出一篇《羊肉串飘香万里》的散文。有一次，国婵出了《猫和老鼠》的作文题，要我俩一周内完成互寄对方。我一夜没睡，写出了一篇一万多字的童话。国婵也很快寄来了百多行的长诗。

国婵忠告我:"你有丰富的想象能力和一颗不灭的童心,是否可以考虑在儿童文学创作上有所发展?"她提醒我"选准文学上的一条路走下去……"也许是国婵对朋友的真诚感动着我,也许是我那么看重朋友的感情,我很快对儿童文学产生了浓厚兴趣,两年后,我真的出版了《月儿云儿和星星》《我是绿色》两本儿童诗集,也正因为这两本诗集,我成了省作家协会的一员,有了"作家"的头衔。

说不清,后来是怎样与国婵失去联系的。记得毕业后,国婵来了封信,告诉我她到了一家信息报工作。再后来,她便杳无音信了。

岁月流逝,一晃十几年过去了。十几年

来,我交了各种各样的朋友,但众多的朋友感情中,与国婵的友情是那么令我珍惜,那么令我怀念。

我常想,朋友并不在多,而在真正意义上的朋友;朋友间的交往并不能图什么,重在相互间的真诚。

翻出精心装订并保存的一大本信集,在封面上我郑重写下:黑龙江. 鸡西. 商国婵。

感谢国婵!

老 杜

在农十师、北屯及至阿勒泰，提起老杜，认识不认识的人会问一句："是那个作家杜元铎吗？"

老杜为此很自豪："瞧瞧，知道什么是名人效应了吧。我老杜是谁，是'名记'！'名记'是什么？就是江总书记所说的'名记者'。"

老杜今年该五十四五岁了吧？他大我20多岁，论辈分我该喊他叔。可这叔没法喊。老杜结婚晚,孩子小,12年前我是一名业余通讯员,慕名骑车30多公里去他家拜访他,我喊他叔,他却让他六七岁的女儿喊我叔。到现在,他女儿和我一般高了,我还在当"叔"。

老杜这人很有意思,与他相处了十几年,我想了又想,给他总结了四点"特色":

一痴,二贪,三恋,四多情。

也不知对不对。反正这几个字,老杜不会喜欢,我肯定。说不定,他还要骂娘。

不过,我也不是信口胡诌。

老杜有一张名片,很特别:工人出身的作家——杜元铎。中国·新疆兵团农十师文联副主席 (副处级)。老杜对这张名片很满意,有一次在农十师宾馆,我见他向北京来的一位大作家自我介绍:"我是工人出身的

作家杜元铎。"接着,双手恭敬地递上这张
名片。

老杜确实是工人出身,是个泥瓦匠。他
之所以能从一个普通工人摇身一变成为记
者、编辑,到统领一方文艺界的"头",全凭
一个对写作的"痴"劲。

老杜很爱写,写得很玩命,也高产。他
有自己的生活三步曲——写作、喝酒、睡
大觉。

几年前,我们同在报社工作时,他每天
上班的第一件事,就是填写一大堆寄往各
个报社的信封,把前一天誊好的稿子寄出
去。然后,他往桌上一趴,一根接一根地抽
烟,一篇接一篇地写稿,直到想不出再写
什么好了,就到外面兜上一圈,回来又是
四五篇。

有一次，老杜患重感冒 3 天没出门，照旧写得一个劲，我很是纳闷——没见他出去采访，哪来那么多材料可写？后来我恍然大悟——一篇写岳母，一篇写老婆，一篇写女儿。

老杜是个厚道人，写文章一笔一画，扎扎实实。他每页稿纸下面要垫好几张复写纸，每个字写得工工整整，老大个，挤满方格；每个字都写得很吃劲，怕复写不清楚。他有投稿秘诀——一篇稿子投四方，东方不亮西方亮。不过，这一招也真绝，稿子总能发表出来，稿费也因此源源不断。

有一次，我想捉弄一下老杜，对他说："你再别复写稿子了，现在各报社一律拒收复写稿子。"

"有这回事？"老杜很吃惊。他一拍大

腿，"我说咋刊稿率低了，你小子咋不早说？"他立马改成用钢笔一遍遍誊写，好家伙，这下可更辛苦了，一天要写好几万字，累得他够呛。老杜也常发牢骚："这碗饭，他娘的不好吃！"

不过，牢骚归牢骚，谁要是真不让他写，他非跟谁急。

写作为老杜带来很多得意。累的时候，他喜欢摆弄一本本红色的获奖证书，如同欣赏梦里的一个个大胖小子，好不乐哉。

老杜喜欢交朋友，但在他朋友中，大多的是普通职工。181团有个徐国强，家境很贫寒，每次来北屯，老杜就把他领到家里吃饭，连孩子到北屯来，也吃住在他家里。他的"工人老大哥"朋友一大串，家里成了接待站。今年初，我们请老杜吃自助火锅，每位 28 元却吃不下多少,老杜却高兴了:"嘿嘿,有招了,下次我把那十几个'盲道'朋友请到这里来,花钱不多,又能让他们美吃一顿,真划算。"

据说老杜后来真的自个掏钱在这家自助火锅店请了几次客,那些人放开肚皮大吃一通,弄得饭店老板见了老杜就差没喊爷了。

老杜也常自叹——朋友多了也没好处,麻烦多。不过,他就是恋着这帮"穷哥们",割舍不了那份情感。

除了写作交朋友,老杜还有一个人人皆知的爱好——贪杯。他每顿必喝,每喝必兴奋。喝到兴奋处,还要用河南腔唱几句京剧,味儿还挺浓。

不过,老杜喝酒从不误事,文章照写,

事照办。有一次,原农十师政委乔西安开他玩笑:"老杜,我就喜欢看你酒后文章——情有独盅(钟)。"老杜从此有了上方宝剑:"乔政委都说了,我老杜喝了酒的文章才够味。我是李白第二,不能不喝酒!"

老杜贪酒,但很少醉。这些年来,我只见他醉过一次。那次,几个通讯员请他喝拜师酒,老杜特高兴,凡是敬酒,来者不拒,一连串喝下了一瓶多"伊犁特",直到要把桌子当成床了。我和另外一人费了九牛二虎的劲,才把他架到楼下,正准备敲他家门,他一下清醒过来,把我们推出老远,然后正正衣服,理理头发,昂首阔步向家里走去。我听他用手轻轻地"咚咚、咚咚"敲了好一会儿门。

老杜这人不小气。他备有一瓶精装的

177

泸州老窖,放了一年多舍不得喝,那次和我们报社的年轻人联欢,他抱着这瓶酒,像抱着宝贝儿子似的,联欢完了,非请大家尝好酒,感动得报社年轻人对他特交心,老杜也特兴奋:"酒不白喝,年轻人就是可爱!"他一夸奖不说,自个儿头上又加了几道光环。

我说老杜:"你这叫自做多情。"

老杜反戈一击:"这才叫情到真处,物有所值。"

老杜这人就是这样。

哥们儿,钓鱼去

眨眼之间,被厚厚的冰雪捂盖了一冬的额尔齐斯河,又哗哗唱起了欢歌。飞溅的浪花,勾起了人们的钓瘾。

生活在额尔齐斯河畔的北屯人,对钓鱼似乎都情有独钟。喜爱钓鱼的北屯人大致有4种,第一种是退休在家的老人,他们每天三五相邀,骑上自行车到附近的河畔,边叙边钓,悠然自得。第二种是忙中偷闲的年轻人,骑上摩托车,一跑一二十千米,竞相施展钓技,忙中找乐,乐中找趣。第三种是每到周末,一家或两三家人,带着各种吃的用的,到附近河畔找个环境好的滩地,小孩在水中嬉戏,女人聚在一起东拉西扯,男人则专心钓鱼。到了中午,女人把男人钓的鱼洗净,在河边生起炊烟,熬一锅鲜美的鱼汤,一家人或几家人围坐在一起,吃鱼喝啤酒,末了到树阴下睡一觉,其乐融融。第四种是那些以捕鱼为生的人,他们往往早起晚归,也钓也捕,将弄到的鱼送到市场上去卖。据说,北屯有人靠捕鱼成了10万元户。

钓鱼已成为北屯人不可缺少的一项业余活动。工作之余,约两三好友,走进丛林和大河,听流水之韵、鸟鸣之曲,看草木舞动、海鸥飞翔,还有那频频得鱼的兴奋,凯旋而归的舒畅,与友人共叙渔情的自豪,与家人共享美肴的乐趣,无不富有生活情趣。难怪有人称赞钓鱼活动具有赏画之绚丽,吟诗之飘逸,弈棋之睿智,游览之酣畅,其乐尽在不言中。

额尔齐斯河鱼种多,常见的就有十五六种,每种鱼的饵料和钓法都不同。钓狗鱼最有趣,连饵料都不要,将一把小勺拧弯,尾部接一个三叉钩,扔进河里慢慢收线,小勺在水中明晃晃地转动,如一条游鱼,凶猛的狗鱼冲上去便一口咬住,有人曾用此法钓上1.5米长、十几千克重的大狗鱼。

我曾创造过一个奇迹,用一只鱼眼睛钓上一条十几厘米长的五道黑,一条两千克重的狗鱼又死死地咬住五道黑,两条鱼就这样被我拉上了岸。

北屯钓鱼的人在一块,谁也不服谁,原

因是都各有绝招,难分胜负。新疆北屯报社曾组织了一次"额河钓赛",五六十号人沿着河边一字排开,30分钟赛时。第一上钩奖得主竟用了不到半分钟,个数最大奖得主是一条500多克重的大扁花鱼,尾数最多奖得主竟钓了40多条鱼,平均不到一分钟一条鱼,总重量最高奖得主半个小时钓了3千克多鱼。

当然,也不是每次都能满载而归,有一天,我只钓了两条小白鱼,实在不好意思,就把小白鱼放了,跑到市场上买了5千克活鲫鱼,不料买来的鱼大小都差不多,鱼嘴上又无挂钩痕迹,还是被老婆看出了破绽。

我和许多人一样,不是为钓鱼而钓鱼,而是修心养性。置身于绿树碧水之间,沐浴于阳光清风之中,神情专一,不暇旁思,烦恼、忧虑、杂念通通抛向脑后，因而也消除了"心脾燥热"的病因。据说，钓鱼作为一种"精神疗法"和健身之道，是其他体育运动所无法替代的，对许多现代病都有疗效。参加钓鱼活动的人个个吃得香，睡得好，有利于工作学习，可以延年益寿。这也许是北屯人为什么普遍显得年轻，男俊女靓的原因吧。

春天来了，哥们儿，钓鱼去！

母　校

离开母校时,我没有洒泪,没有言谢,但波涛起伏的心,却澎湃着依依不舍的情。

走出母校,我没有再回去。

至今也说不清,多少次与人谈起在母校那段学习和工作的生活,发出过多少回心底的感激和赞美,却没有想到回去看看母校。

心存真情的人有两种,一种是藏在心里慢慢回味,一种是溢于言表淋漓表达。我恐怕属于前者。

有时我想,母校教了我很多知识,教我懂得了很多道理，却没有教会我怎样向她表达奉献——这真是一个伟大的母亲,她给孩子太多太多的恩赐,却从不企望孩子有什么回报。

重回母校,我离开她13年后的一个周五。重回母校,是因为校领导的诚邀——现在写这篇文章时,我都觉得惭愧,甚至突然觉得自己不曾是一个好学生。

我的那张小课桌呢?那张画有"三八"线的、抽屉里常常藏有《安徒生童话》、《巴尔扎克小说》的小课桌……我的那个土垒的讲台呢?那个当时在团场也算好的砖混结构的教室……母校今天已让我陌生。三幢教学楼里上课的孩子不认识我记忆中的母校。

父亲一样的老师还在,从他岁月雕刻

的皱纹里,我读到了当年的故事;兄长一样的老师还在,从他明亮的眼睛里,我读到了明天的长诗。

母校培养了很多很多的学生,恐怕她自己也记不清有多少。不少连长、科长、团长、部(局)长、总经理走到一起时,身上挥不去的乡土味会让他们亲热一番:嘿,咱们都是183团一中的。而母校,生长的是她的年轮,不长的是她的职级,母校把她宽厚的爱赐予芸芸学子,而我们却是母校的过客。

无论什么人,走在什么地方,都有他依恋的东西,都有挥之不去的记忆——在更多人心目中,恐怕最挥之不去的是对母校浓浓的恋情。

我成长中,有母校的真诚祝愿!

我生活中,有母校的热情祝福!

而亲爱的母校啊，我又能怎样去回报
您呢？

    ——我模仿李白去诵吟

      而我的诗也似醉非醉

    ——我模仿大千去描绘

      而我的画飘不出花香

    ——我扮演贵妃去引悦

      而我的眼神又流露迷惘

……

雪花飞舞的季节，我最爱伺弄办公室
里那一盆鲜绿的太阳花、那一盆开满小红
花的玻璃翠，那一盆一年四季青翠的铁树。
我爱在冬季里养花，是因为我总想把春天
留给自己。母校的花园里绽放的那一朵朵
花呢？那一丛丛绿呢？母校是一个清洁的农
夫，耕耘在热土家园。

祝 福 生 活

曲曲弯弯的一条小路，伸向戈壁深处的远方。

一个非常美丽的姑娘，独自走在小路上。

在那路的尽头，可有一个温馨的家？我想。

姑娘可曾有孤独，可曾有彷徨？

应该有串绿色，或者，有条小河，

伴着这个扎着红丝巾的姑娘。

她前面的路，还很长很长。

在看不见尽头的路上，

姑娘的步履坚定而匆忙。

那红艳艳的一缕，融进了天边的霞光。

在那路的尽头，一定有一个美丽的村庄；

村庄里，一定有一个温馨的家；

家里的餐桌上，

一定有杯热茶飘着浓香。

姑娘走过的路上，有一串花的芬芳……

风 情 画 语

1

秋天的桦树林,似燃烧的火焰,簇拥在额尔齐斯河两岸。巨大的卵石激起的浪花,在朝霞映衬下流金溢彩……那个画一样的早晨,我在额尔齐斯河垂钓,霞光晨雾中,我也成了一道额尔齐斯河的风景。

2

潮水刚刚退去,把一个贝壳留在岸边。

戈壁深处的布伦托海，孕育的生命是那样
强劲，纵使有一个贝壳变成沙粒，它的生命
之树，也永远与大海为伴。

3

小鸟儿叽叽喳喳，把春天衔给树梢，树
梢儿伸了伸腰，小树穿上新装。小溪儿，哗
哗啦啦，把春天吻给树梢，树梢儿挺了挺
腰，小树噌噌长高。小溪在草丛中流淌，丛
林正欢快地生长，小鸟在树梢上鸣唱，宝宝
在梦里睡得正香。

4

走过风，走过雨，走过千年万千；一座
山，一顶峰，在岁月里将自己雕刻成——一
个多情的少女，一个相思的倩影。

谁说山无语,谁说峰冰硬,凭高远眺的
"玉女",有一个心愿,寄托在远方;有一个
心语,正向风诉说。

5

秋风染红了草原,秋风抹黄了大地,赛
里木湖的碧波,映蓝了天空。秋天的赛里
木,激情荡漾在草原,热烈奔放在波中,一
个令人神往的地方,把秋天的故事收藏。

6

从一种高度去看它,能看到你心血的
涌动,能看到你思想的浓墨,能看到你情绪
的丝线,能看到你胸怀的厚重。像鹰一样起
飞吧,放飞思想,正如大自然的画笔,在万
物上泼墨涂彩。你会看到,明亮的地方也有

阴影,黑暗的地方也有光迹,你的眼睛,涂满色彩,已溢满泪花。

7

以热烈的方式拥抱大地，击碎了五脏六腑,任心跳河边,任血流山峦,热土之中，我听到了,大地怒放的声音。

8

一种雄壮可以触摸,一种伟大可以亲吻,一种平凡可以升华,一种愚钝可以赞许……站着是一树树,躺下是一座山。

9

紫气升腾的天山,还在晨曦中熟睡,宛如梦中的少女，嘴角挂着微笑。山间的湖水,一半搂着山影,一半泛着波光。一只被霞光染红的小鹿,不知从哪里闯进了画面,它是去饮清凉的湖水?还是来欣赏天山晨景……不是,都不是。呵,一声清脆的鹿鸣,把天山唤醒。

10

再高的山,也有巅峰;再高的峰,也在云下。仰望,是一种高度;登顶,你就是峰。

11

一种演讲,不需要听众;一种倾诉,不需要知己。自己是自己听众,自己是自己的知己,如同大自然的画卷,美是自身的含蓄。

12

几滴墨汁,滴染出一群飘逸的少女。修长的身子,长裙随风舞动,脚步也像水一样匆匆。青春、活力、灿烂——跃然纸上的,是哪里来的少女? 呵,天山南北,到处都是她的倩影。

13

晚秋的荷塘,写满零乱,写满遗憾。

晚秋的荷塘,零乱里却有生命的规律,遗憾中也有生活的收获。

晚秋的荷塘,是一种守望,是一种憧憬。

14

谁说污泥里只有腐烂,你看荷叶撑起的巨伞;虽然美丽已经绽放,但根还在河泥里汲取能量。

谁说腐烂就是逝去，你看灿烂还在延续，变化只是生命的形式，依恋诉说最美的诗语。

15

不是每一朵花都结出果实，不是每一个果实都清香爽口，不是清香爽口的都有营养，不是所有的营养都健康人生。

一种果实长在田园，它的期待是收获；一种果实画在纸上，它的期待是赞许；一种果实长在心田，它的期待是种子。

16

我的田园里没有泥土，因为我没有一寸土地；我的田园里长满果实，血肉是它生长的沃土;我的果实没有清香,孕育的种子却饱满强劲。有一天,我收获果园,每一粒种子,都抽出新绿……

17

那棵藤已很老,每根枝干都挤满岁月,每个葫芦里都装满故事。我用葫芦做成瓢,用瓢盛来水,用水滋润种子……

18

柿子熟了,柿树笑了。娃娃围在树下数柿子。数柿子,口水流了一大滩,数也数不清。柿树乐了,柿子黄了。

19

其实,数千年前的先人,就知道穿越时

空的秘密,他们把时光压成一片儿,像穿越
纸儿一样,把文明还原给今天。逝去的,是时
间上的数字,永恒的,是思想的刻影——正
如这草原上的岩画,穿越时空的文明。

20

　　青山,倒映在碧绿的水中;水中,倒映着
挺拔的高楼。几片帆影,在青山与高楼间穿
梭,把山的话儿传给楼,把楼的话儿捎给山。
于是,两双遥望的眼睛,两颗多情的心,紧紧
地连在一起,微微激荡的碧波,是它们倾吐
的情语。

21

　　碧绿的水,摇荡着青翠的山;青翠的山,
热吻着碧绿的水。山的岚影在水的心里,水

的波光在山的心里,映照、映照、映照……

木筏上的老翁,撒下一阵阵涟漪,追逐着,闯入山的怀抱,一切都摄入了镜头,你热吻,我映照,热吻,映照……

22

喷云吐雾、缕缕青烟间,白白净净的身子被人糟蹋了,结果,自己还留下个话把儿。

23

岩石说:我多么坚强啊——任凭风吹雨打,巍然屹立!大山说:我多么高大啊——拂云拨雾、俯视大地! 山顶上的人笑:是啊,你们都在我脚下。

24

梯子——躺下来,绊我一个趔趄,立起来,助我向上攀登。

25

秋叶——黄灿灿的, 数不清的金币,季节要兑现春天的承诺,郑重地向大地付款。

26

冬天:一张白的纸

春天:写满绿色的童话

夏天:我们拿着阅读

秋天:看谁的收获最大

27

穿着洁白的连衣裙, 握着长长的笔,一

个姑娘踏着波浪,去把大海的文字翻译。归来时,她译出了本厚厚的诗集。

28

春风舒展长袖,把天上的蓝、地上的黄,揽在一起,调呀调呀,泼出一片浓浓的绿。

29

金色的麦田,是希望的海洋,浪尖上颠簸着的,是收割机在歌唱。穿过银波,破开金浪,汗水化成的颗颗珍珠在闪光。火红的拖拉机,像初升的太阳,带着光明,载着希望,把满车的欢乐,送到人们心上。于是,人们有了一个甜美的向往,美好的憧憬,不再是幻想,未来世界,任我们飞翔。

30

有一种花儿没香味，不长腿儿会走路。什么花？下雨了，花开了，一朵两朵……挤满了街。

31

我爱沙枣树

你看她：不贪图富贵，不羡慕荣华，悄悄地，戈壁滩上把根扎。

春天，吐一缕芬芳，为戈壁添一片金色的彩霞，引得鸟儿叽叽喳喳来安家。

秋天，捧一树果实，招来一群馋嘴的娃娃，圆圆的果子甜得他们笑哈哈……

32

一次一次，总想挺着高高的胸脯，把自

己变成一座大山。

　　一次一次,刚站起来就想对大海说自己
伟大,不小心又跌成白白的碎片。

33

　　阳光是把大提琴, 满园花儿是歌星;
春姑娘弹起金弦儿,花朵就咧着小嘴唱歌
儿……

34

　　冬天——叶儿从树上跳下,藏进泥土里。

　　春天——叶儿又从枝条上探出头来,
一片翠绿。俏皮的叶儿,就这样,与冬天和
春天做着游戏。

35

有一句箴言："把别人抛向你的砖头，用作铺你前进路上的台阶！"

这是怎样的人生境界啊！

不在乎成功与失败，无所谓喜怒哀乐。

神马都是浮云。你做到了吗？